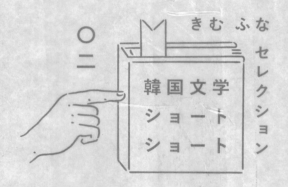

きむ ふな セレクション

韓国文学ショートショート

二〇二

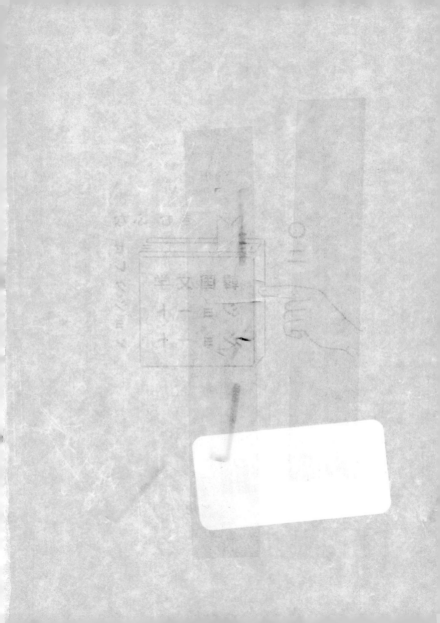

風船を買った

チョ・ギョンナン 著

呉永雅 訳

1

 ある日わたしは、とある男のかけているレイバンのサングラスに映る自分の姿を見た。凸面鏡に映ったみたいに頭だけがやけに大きな、小さくてみすぼらしく見える女がそこにいた。その女が、ほかでもないわたし自身だということに気づくまでには、少し時間がかかったような気もする。その瞬間、わたしは、その男と自分がじきに別れることになるのだろうと確信した。わたしから真剣に見つめられていると感じとった男は、少し得意げにサングラスをかけ直した。サングラスに映った女の姿がレンズと一緒に少し上がって下に落ちた。わたしは、わざとふらつく振りをした。一つ大事なことを忘れていた。その出会いには、少なくともわたし自身の意思は抜け落ちていたということ。それを偽りのない心、という言葉で代弁していいのかどうかは分からない。わたしに変化が必要だという判断を下したのはトーマスだった。

わたしは急いでまた机の前に戻った。

偉大な芸術作品は、こちらのことを知りもしないくせして話しかけてくる。わたしは、最も偉大な芸術家はニーチェだと思っている。自分自身の人生におけるいくつもの問いへの答えを彼の中から見つけた。一つ残念なのは、彼がすでに一〇〇年前に死んだ人だということだ。一八八八年の秋、彼は、二〇〇〇年になれば、人々は彼の本を読んで多くを悟るだろうと語った。岩山の上の孤独な思想家。人々は彼をそう呼んだ。重たいダッフルコートに身を包み、寒々とした地で、わたしは本を読んだ。彼がそうだったように、午前五時には一日を始め、夜になればハムと卵と黒ゴマのかったパンで素朴な夕食をとった。当時わたしは学問に没頭していて、美しい少年を追うようにして真理を追究しているのだと思っていた。寒くて孤独だったが、貧しさと幻想だけでも人生は流れていくものと決まっていた。水があふれ出すようにして、一〇年が一瞬にして過ぎ去っていった。ただ不思議なのは、自分の人生に対して大それた勇気を抱くこともなかったし、大胆にもならなかったということだ。ある男のレイバンに映った、小さくてみすぼらしく見える女の姿がしきりにまぶたに浮かんだ。わたしに変化が必要だとすれば、それはどんなものであるべきなのだろう。

〇〇四

帰国することにしたと告げると、トーマスはわたしに忠告した。その忠告はずいぶん短いものだったけれど、はじめはごく緩かったはずなのに、時が経つにつれてきつくなっていく組紐のようにわたしの足首をつかんで離さなかった。わたしは、もっと慎重に生きなければならないと思った。それに、実際問題、自分を守るためにあまりにも多くのエネルギーを費やして疲れていた。帰国する前に、小さなガラスの瓶に庭の土を入れて密封した。ハイデルベルクに来てちょうど一〇年目になる日のことだった。

2

「これ、なぁに?」

小さな子どもの指は、正確にわたしのことを指していた。

「これ、じゃなくて、この人は誰? って言わなくちゃでしょ」

不注意にも義姉は噴き出すのを堪えきれなかった。とはいえ、それはほかの家族もみな同じだったけれど。この一〇年の間、二度だけソウルに帰ったことがあった。一

〇〇五

もう五年も前になる。度目は母の還暦のときで、二度目は兄が結婚するときだった。最後に帰ってきたのは
「こんにちは。これは、君の叔母さんっていうのよ」
　しょぼんとなったまま、わたしは力なく答えた。
　帰国の途につく機内で、自分が持っているものを思い浮かべてみた。何もないのなら、いっそのことすべて一から始められるだろう。機内食を食べるのをやめて、ごしごしと目元をこすった。三六という年齢が、背中にラクダか何かをまるごとしょっているかのように重く感じられた。帰国して両親と一緒に年を取っていくのも悪くないかもしれない。唯一のきょうだいである兄は結婚して独立しているのだから、わたしが使える家のスペースはもっと増えているはずだ。モンテーニュのように、とても大きな、天井の高い円形の書斎を持つことができるかもしれなかった。それまで思いもしなかった期待に胸をときめかせてもいた。その夢が砕けたのは、入国の手続きをすべて終えて、仁川(インチョン)空港を出るやいなやだった。
　仲良くやろうな。
　迎えに来た兄が肩をぽんと叩きながら言った。

一〇年の間に起きていた多くの変化について、一度もまともに考えてみたことのなかったわたしは、いつの間にか頭のてっぺんの辺りが薄くなっている兄をきょとんと眺めた。甥っ子は一人ではなく二人だった。二歳四ヶ月の幼児と、三ヶ月の赤ちゃん。闘病中の義姉の母親がこれ以上孫たちを預かれないのは無理もなかった。いきなり会社を辞めた兄が同僚とベンチャー企業を起こそうとしたとき、資金を半分以上出してくれたのも義姉の家だった。義姉は頻繁に海外出張のある外資系の製薬会社に勤めていた。子どもたちの面倒をみるのは、うちの父と母しかおらず、それを当然のこととして受け入れていた。子どもを預けて出たり入ったりしていた兄家族は、ひと月もすると荷物をすっかりまとめて完全に我が家に移り住むようになっていたのだ。わたしが帰国する二ヶ月前からだという。本棚と机を運び出したわたしの部屋には、ベビーベッドと整理ダンスが置かれ、壁にはクマのプーさんがプリントしてある壁紙シートが貼ってあった。
　一〇年前、ドイツに行くと決めて母に打ち明けたとき、母はすぐにわたしにこんなことを言った。哲学だなんて、ちゃんちゃらおかしいわね。まったく、自分の足元に転がってる問題すら見えてないのが哲学者って輩なんじゃないの。かつてはトランク

〇〇七

ルームだった部屋のドアノブを、わたしはしっかりと握り締めて立っていた。
「早く手洗ってご飯にしましょ」
わたしの背中をぴしゃっと叩いて通り過ぎながら義姉が言った。
変わったのは家族のメンバーだけではなかった。二六年間暮らしていたソウルを、わたしはまるで初めて訪れた旅行地のように市内バスの路線図を広げ、すみずみまでさまよい歩いた。バスカードや携帯電話など、新しく買い揃えないとならないものもかなりあったが、今となってはもう買えないものも同じくらい多かった。ショーウィンドーの前を通り過ぎるときや、カフェのトイレで鏡に映った自分を前にすると、食いいるように見つめたものだった。どう？　大丈夫？　誰かに一度くらいそんなふうに尋ねてもらいたかったのかもしれない。有り金をはたいて街で一番よく見かけるフランスのブランドバッグを一つ買った。いくら新しいものを身につけてみても、足元からは水の染み込んだ靴を履いたときのように、いつだってぐちゅぐちゅと音がした。
一日の三分の二を自分のために使えない人は時間の奴隷に他ならないとニーチェは言ったが、還暦を軽く超えた両親と二歳四ヶ月と三ヶ月の甥っ子二人のいる家で、自由人として生きることは不可能だ。朝食を兼ねた昼食をとり、午後三時頃になると家

〇〇八

を抜け出した。バスに乗って市内を見て回ったり、とにかくひたすら歩き回った。安養(アニャン)まで行って、三年前に戻っていたチャ先輩に会ってきたりもした。チャ先輩は結局大学のポストを諦めて、壁紙などを扱う小さな店を構えたという。ああいうのさ、結局なんの役にも立たないんだよな。口ではそう言いつつも心残りはあったと思われ、店の名前は「よろず屋・チャ博士」とつけてあった。講師の口もそう簡単にはないと思うよ。送ってくれる道すがらチャ先輩が言った。チャ先輩以外は誰とも会わなかった。歩いて、そしてまた歩くこと。それは、カエサルが病と頭痛に打ち勝つために使った方法でもあった。実際にわたしは頭痛に苦しめられてもいたのだから、歩くことは一番の治療かもしれなかった。ほかにすることもなかった。何より、一番大きな変化は、もうこれですっかり何もすることのない人間になったという事実だった。暇な人間と役立たずの人間。わたしはどちらなのだろう？

　市内全体が一つの大きなクリスマスツリーにでもなったかのように華やぎはじめた。どこへ行っても人でごったがえし、カフェの片隅に座って本を読むというのも、もはや難しかった。相変わらず行く場所がなかった。世宗(セジョン)文化会館と清渓川(チョンゲチョン)がはじまる入り口周辺に大きな光のトンネルが見えた。「ルミナリエ」。光の装飾という意味なのだ

そうだ。あふれんばかりの人波の中で、押し戻されるようにして立ち止まった。周囲ではカメラのシャッターを切る音が小さな爆竹のように立て続けに鳴り響いていた。意味もなく、わたしはすっと、光のかけらの中でつま先立ちをしてみた。

バッグではなく、友情と信頼のもとにおける会話とやすらぎ、今のわたしにはそれが必要だった。バッグを売り払ったお金で、インコを一羽買った。

3

小さな子の泣き声に耐え続けるというのは、ほんとうに大変だ。そもそも、こんなに間近で子どもの泣き声を聞くというのも今までに一度も経験がなかった。ほかに逃げ場所もなく、ただ甥っ子たちの泣き声を聞いているしかなかった。そんなふうにしながら一つまた新たな事実を見つけた。おおらかな心で子どもたちの泣き声を聞いていると、子どもの中に潜んでいるすさまじい心理的な力が感じられた。泣き声は、最初は自分はここにいるんだと主張しているように聞こえる。そして突如として泣き声

が大きくなり、長引くと、それはじきに根源的な怒り、あるいは苦しみのように感じられる。手のほどこしようのない破壊への欲求にすらも。わたしには、時間が有り余っていることが問題だった。甥っ子たちとの暮らしに慣れてくると、すぐに泣き声にも慣れた。一つ問題があったとすれば、わたしがその泣き声を決して好きではないということだった。泣き声には文法というものがないのだから。子どもたちは、ところかまわず手当たりしだいに泣きわめいた。わたしとて、だんだんと家族の視線が気になるようになり、義姉が家にいる日には甥っ子に胡桃とレーズンの入ったマフィンのようなものを焼いてあげたりもした。親の家に住んでいながらも、兄の家に身を寄せているような気分というのはなんとも言葉では言い表せない奇妙な感覚だ。

わたしは、相変わらずニーチェの生活信条を自分の生活信条としていた。睡眠は少なめに、ゆったりと歩き、お酒は飲まず、名誉を欲しがらない、そして欲は出さずとも絶えず努力し羽ばたこうとし、自分自身には冷酷に、ほかの人にはやさしく。しかし、今のわたしにとっては、ほかの人と言えるような存在はほとんどいないも同然だった。友人もおらず、友人のように付き合える昔の恋人もいない。二〇歳だった一六年前もわたしは一人だったし、一〇年前も一人だった。もう三六歳だというのに、

〇一一

生まれたときと同じように今も一人だ。あぁ家族がいてよかったと思うこともあれば、突然母が、まったく、何が勉強よ？　もういいかげんさっさと諦めて結婚でもしなさい、と言いながら見慣れない男たちの写真を三、四枚、それも父や兄、義姉が勢ぞろいしている前で取り出してきたりすると、もうそれこそ、ドアをバタンっと閉めて出ていきたくなる。それでも、まだそういうお話があるだけいいじゃない？　義姉は心からそう思っているようだ。ほかはどうでもいいのよ、身長さえつりあえば。それってどういう意味ですか、お義母さん。ぶすっとしたままでも、わたしは義姉と母の会話をしっかりと聞いていた。男のあごが女の額のところにつくのが最高の相性だっていうじゃないの、あんたたちみたいに。んもう、お義母さんたら。たしかに言われてみれば、わたしのおでこがちょうどあごにあたる男の人とは一度も付き合ったことがない気がする。一番最初の人は、身長がどうだったかも思い出せないし、三番目に付き合った人は女性の平均身長よりも少し高いわたしと似たような背丈だったし。ニーチェは背が低かった。いったいいつまでそんな年老いたヤギみたいに首をぐらぐらさせてほっつき歩いてるつもりなの？　そっとその場から離れようとするわたしの背に向けて母が声をあげた。どんなに偉大な人でも、家族からも認められた人は

〇一二

そういない。モンテーニュが、人前ですぐにおならが出てしまうことを悩み、そのことを初めて打ち明けた相手も家族だった。結婚ではなく、わたしのしたいことはほかにあったし、家族はそれを知らなかった。話したところで誰も分かってくれなかっただろうけれど。ともかく、今はマフィンを焼こう。卵と小麦粉をまぜて生地をつくっていると、甥っ子がそばにやってきて、うわずった声で「ドゥ　ユー　ノウ　ザ　マフィンマン、ザ　マフィンマン」ではじまる、マフィンが主人公のアニメの歌を口ずさんだ。焼き上がったマフィンをさっそくオーブンから取り出すと、もう見向きもしないくせにだ。マフィンがアニメの主人公になるだなんて。つくづく世の中にはわたしの知らないことがあふれていた。わたしはマフィンの中のレーズンと胡桃を取り出して、ハンスにやったものだった。

わたしの買ったインコは、コンゴウインコの中でもハンス・マコーという種類のインコだ。生後三ヶ月の離乳期が終わったところで、言葉を教えるのにちょうどいい時期だった。緑色の胴体にくるんとしたつぶらで真っ黒な瞳をしていた。もう少し大きくなると緑色の羽の下に赤い羽毛が生えてくるのだという。ハンスという名前をつけた。初めて鳥かごを抱えて帰ってきた日、子どものいる家に鳥を買ってくるなんてと、

〇一三

母は義姉の前でこれみよがしにわたしの腕を思い切りつねった。甥っ子が、うわぁ、鳥だ！　鳥だ！　と家中を大騒ぎで飛び回っていなかったら、また引き返してハンスを返してこなければならなかったかもしれない。わたしは甥っ子を膝に抱きかかえてハンスを指差しながら、トモダチという単語を教えた。ハンスに言葉を教えはじめたのもわたしではなく、自分の母親をまねて、ときどきわたしにむかって「義妹ちゃん」と呼んでから話しはじめる、ちょうど言葉を覚えはじめたばかりの甥っ子だった。こましゃくれた甥っ子はそれが間違った呼び方だと知ってからも、ことあるごとに、義妹ちゃん、ご飯ですよ！　義妹ちゃん、起きなさい！　とわたしに向かって叫んだものだった。鳥の好きな甥っ子のおかげでハンスを飼えるようになったのは幸いだった。ところが、いざとなるとわたしは、ハンスにどんな言葉から教えたらよいのか分からず途方に暮れたまま時間をやり過ごし、終いには死ぬ直前のソクラテスのこともで考えはじめた。アテネ市民から死刑宣告を受けたソクラテスが陪審員の前で自らを弁護できる時間は、さして大きくもない二つの甕（かめ）のうち、上の甕から下の甕に水がすべて流れ落ちるまでのわずかそれだけの時間しかなかった。生涯、多くを語ってきたソクラテスだったが、自らを語る際に与えられた時間はあまりにも短かったのだ。言

〇一四

葉というのは自分自身を確認できるものでもあるが、ときに誤解を生み、不幸に追いやるのもまた言葉というものだ。会話を求めていたのは確かだったけれど、かといってハンスに言葉を教えてあげる気にはならなかった。その代わり、ハンスに歌を一曲歌ってあげることにした。インコを飼うことについてニーチェはどう思うだろうか？ どちらにせよ、ハンスがある日突然わたしに向かって、イモウトチャン、コンニチワ！ などと言い出すのではないかと、内心冷や冷やしはじめた。

チャ先輩が電話をかけてきたのは、一二月最初の水曜日だった。

4

Sデパートのカルチャーセンターの初回講義は、一二月第一週の金曜日だった。教養講座として設けられた「やさしく学ぶ哲学」の授業を担当することになったチャ先輩の知り合いが交通事故に遭ったため、代わりの講師を探していたようだ。先輩が連絡をしてきてくれたことに感謝すべきなのか、あるいは聞かなかったことにして断るべきなのか、見当がつかなかった。一つはっきりしているのは、気も進まなかったし

〇一五

気分も良くなかったということだ。それでも庭師になるよりは、その仕事のほうがましだという気がした。

かつて、ニーチェは専門の庭師になりたがっていたことがあった。時間をつぶすこともでき、精神的な緊張を引き起こさずに適度な疲労を感じられる職業としてだ。わたしにもそんな仕事が必要だったし、もはやあてもなく市内をぶらつくことにも疲れていた。三週間でニーチェが庭師になることを諦めた理由は、腰をかがめるのも難儀だったからだ。もしそれを母が知ったならすぐに、学者ばかってのはみんなそうよと非難したに違いない。恩に着せるようなチャ先輩の声も、聞くに耐えがたいのは同じだった。一瞬プライドが傷ついたがぐっと堪えて、わたしは講座を受け持つと言った。担当者と相談して、講座の名前は「やさしく読むニーチェ」に変更した。初回の授業のために江南(カンナム)のSデパートの九階に上がると、講義室の外から、対になってフォークダンスを踊る男女の姿が見えた。「シェイプ・ボディライン・ヨガ」「オペラ鑑賞と映像の世界」「不動産財テク」「つや・はりメイクレッスン」といった常設講座のリストに混じってこのたび新しく開設された「やさしく読むニーチェ」は、手入れをしてもらえない庭の雑草みたいで、みすぼらしく見えることといったらなかった。それでも

受講生がいるというのが幸いだった。

二回目の授業から、わたしはもうニーチェの思想や理想についての講義はしなかった。ニーチェとショーペンハウアー、ニーチェとヴァーグナーについて語る代わりに、ニーチェとコジマ、ニーチェとルー・ザロメに関するエピソードを話して聞かせた。教室の雰囲気もはるかによくなったが、相変わらず虫食った真っ赤なりんごをもぐもぐ嚙んでいるような気がするのはどうしようもなかった。いっそのこと、庭師になったほうがよかった？　ハンスは何も答えなかった。授業はまだ五週も残っていた。その間に初雪がどかっと降って、市内のあちこちで交通事故が起こり、農家のビニールハウスは無残にも倒れた。その日、北岳スカイウェーでは八角亭にいた二〇人余りが夜の九時から四時間も足止めを食らったそうで、わたしはその日そこにいた人々について考えてみたりもした。わたしには何一つ起こらなかった。

受講生たちはみなデパート周辺のマンションに暮らす主婦だった。彼女たち二〇名のなかで、彼一人が目についたのは当然のことだった。そのうえ、若いときていたのだから。初日から彼は講義室の一番後ろの席に座って、ほかの大部分の受講生と同じようにうとうと居眠りしていて目を覚まそうとでもしているのか、ときどき両手の平

〇一七

でもって顔をごしごしすったりしていた。授業が終わってから、その青年が近づいてきて、都合で受講できなくなった母親の代わりに今日の授業に来たのだが、これからも受講していいかと尋ねた。だめだと言っても受けてくれたらいいのに。わたしは、どうかしら、と言ってから言葉をつまらせた。手の平であごをさすりながら彼が言った。払い戻しはできないんだから行ってこいって母が言い張るもんで、遊んでてもしょうがないだろって。

　ニーチェは、わたしたちにより優れた可能性を示すことのできる人物として三つの例を挙げた。一つ目は、人間は自然と和解したのだし、文明は自然に還るべきだと主張したルソー的人間であり、二つ目は、深い思慮と節制を通じて人生におけるさまざまな条件とも衝突することなく生きるゲーテ的な人間、そして三つ目は、人間のあらゆる秩序は悲劇的であり、日常的な人生は分裂そのものだというショーペンハウアー的人間、こう三つに分類した。初めて彼を見たとき、わたしは彼がニーチェの言うところのゲーテ的人物だと判断した。ほかの受講生と少なくて一〇歳、多くて二〇歳以上も年が離れていることなんぞ、二六歳の青年にとっては何ら問題ではないように見えた。母親と同世代の受講生にもいつも親切で礼儀正しく、何のとまどいもないよう

〇一八

だった。彼が授業に出席したあと、わたしたちのクラスは初めて食事会なるものを開いた。それとは意識せず、気がつけば慎重に、わたしは彼を見守っている様子だ。もうずいぶん前に忘れてしまっていた拍子で、どくどくと心臓が波打ちはじめた。わたしはハンスに胡桃をひとかけらやりながら尋ねた。このいつもと違う感じって何だと思う？

彼は、毎回授業に出るには出てくるが、居眠りばかりしているのは相変わらずだった。クリスマスイブを控えた金曜日の授業で、彼が太いマジックペンで左手にはつむった目を、右手には開いた目を描いて、耳の高さまであげたその両手の平をわたしにむかって片方ずつ広げたり閉じたりした日、わたしたちはデートというものをした。今まで付き合った人たちはいつだって本を読んでいて、黒やグレーの服を好んで着ている、大体はかしこまっていたりむずかしそうな顔をした人たちだった。わたし自身もそうだったかもしれない。初めてのデートで分かったことは意外にも多かった。そのなかには興味深いこともあったけれど、そうでないことも多かった。興味深かったのは、彼が元韓国代表のハンドボール選手だったことだ。ポジションは試合の勝敗を分ける要のゴールキーパーだったそうだ。その話をしているとき、彼は少し得意げだっ

〇一九

た。なぜか、男たちが得意げになる様子というのはどれもみな似ているような気がする。でも、残念ながら、わたしはボールを使うスポーツについては何も知らなかったし、ハンドボールについては言うまでもなかった。そのせいか、ずいぶん立派な手をしてるのね、としか言えなかった。オリンピックへの出場をかけた試合で相手チームの投げたボールに当たって気絶したせいで負け、それが自分の責任だと思った彼は選手生活を辞めたのだと言った。わたしが聞いたのはそこまでだったが、結局そのせいで、彼は自分の人生の一部が台無しになったと思い込んでいる様子だった。問題は別のところにあるということを、彼はまだ知らないでいた。

わたしは、彼がゲーテ的人間ではないかもしれないと思いはじめた。ほかの人と親密になろうとする人は、たいがい自分が相手に信頼されているかどうかに自信がない場合が多い。信頼関係に自信のある人は、親密さに重きを置かないものだ。ニーチェの言葉のように、誰かの気分を害すことなく誰にも迷惑をかけようとしないのは、生まれながらの性質だけでなく、臆病なしるしかもしれなかった。わたしは、彼が厭世(えんせい)的なショーペンハウアー的人物だとひとまず修正した。初めてのデートではお互いに何の問題もないように見えた。問題はあまりに早く、つまり、わたしたちの二度目の

デートで起こった。

5

誰でも、何か一つぐらい長けているものがあるはずだが、どうやらわたしは教えることについては素質がないようだ。わたしが冷蔵庫の扉を開けるのを見た甥っ子が、チーズを指差しながら「これ、なぁに？」と聞いてきた。わたしは甥っ子にチーズを差し出して「これはチーズっていうの」と教えてやった。甥っ子はまたわたしに、「チーズってなぁに？」と言った。チーズが何か？ 突然、テーブルにはなぜ脚が四本あるのかと尋ねられたかのように面食らった。なぜなら、甥っ子に牛乳を凝固、発酵させて作ったのがチーズだと説明したところで理解できるはずがないのだから。わたしは甥っ子にやさしく言った。「これは、君のお友達」すると「うん、ぼくのともだち」と言いながら、甥っ子は満足そうに笑った。友達、という単語は甥っ子にとって物事を理解する魔法の鍵のようなものだった。レゴで作った象やキリンも友達だし、靴やバナナも友達で、ひいてはパンツだって友達だった。お尻にキャラク

〇二一

ターのついたパンツにおしっこをもらすと、母親が、んもう、またアンパンマンにおしっこでびしょびしょになったパンツに、ちっちゃな唇をそっと近づけて「ごめんね、ごめんね」と言うのだった。だから、わたしはそれほど深く考えもせずにそのチーズを半分にちぎって口に入れてあげようとした瞬間からだった。甥っ子が混乱したのは、わたしがそのチーズを友達だと甥っ子に言ったのだった。突然、複雑きわまりない表情を浮かべたかと思ったら、うわーん、と泣き声をあげはじめたのも。「おともだちがちぎれちゃった！」甥っ子が家中に響き渡るような声で叫んだ。それぞれの部屋のドアが開き、両親や義姉、そして兄まで、今度はいったい何事だ？という表情で飛び出してきた。なぜこういうときに限って義姉まで家にいるのか分からない。わたしは半分に引き裂かれたチーズを両手にしたまま、食卓の椅子に首をすくめて座っていた。
「おともだちがちぎれちゃった、パパ、おともだちがちぎれちゃった」甥っ子は指でわたしの手にあるチーズを指差しながら、ふくれっつらをしたまま父親の胸に飛び込んでいって抱きついた。「まったく、二人とも同レベルなんだから」兄が舌打ちした。
「いやだ、義妹ちゃんたら、なんでもかんでも友達だなんて教えちゃだめじゃないの」

義姉がまたわたしの背中を強く叩いた。わたしは疲れているみたいだ。義姉は、わたしが食料品の買い出しに行ってくると、いやだ、いやだ、義妹ちゃんたら、鯖は目の生き生きしたのを買ってこなくちゃなのに、ワラビは細くてやわらかいのを選ばなくちゃなのに、と言って、誰でも新聞くらい読めば知っているようなことをいちいち口にした。その後ろで母が、自分だってまともに選べないくせして口だけはいっちょう前なんだからと、それとなくわたしの味方についてくれたりもした。わたしは、ときどき自分が何の役にも立たない人間のような気がしてくることがある。それが家族といるときだけなのか、さもなければ家にいるときだけそうなのかは分からないけれど。学問というものを一〇年もやってきたというのに。
　甥っ子は、ハンスの入っている鳥かごを足で力いっぱい脇によけると、どうだと言わんばかりの顔でわたしをじっと見つめた。どうやらあちらはハンスをわたしの友達だと思っている様子だ。兄が甥っ子を抱いて部屋に戻ると、リビングは再び静かになった。わたしは引き裂かれたチーズを口に入れてもぐもぐと食べた。義姉の言うように、わけもなく友達だと言ったような気がする。誰も折ることのできない一本の木の枝を強く揺さぶるように、心の中を多くのことがいちどきに通り過ぎていった。わ

たしはハンスをそっと横目で見ながら疲れた、とつぶやいた。トーマスはこんなふうに尋ねたものだった。それじゃ、今度はちょっとはましになった？　何が？　憂鬱なのを疲れたって言い換えたらってことさ。そんなトーマスに向けて手紙を書かせたのがJだということが、わたしは不思議でならない。

　その元韓国代表ハンドボールのゴールキーパーだった青年、細長い手足をしたJは、本も読まなければ、結婚式に呼ばれてもスーツなど着そうになかった。まだ、わずか二六歳だ。にもかかわらず、わたしは彼に話したいことが次から次へと思い浮かんだ。それでもいいのかな？　何よ、こいつ。どうしてあんたは一言も話さないのよ！　わたしは甥っ子のようにハンスに八つ当たりした。

　わたしたちは映画を観に行った。

　一二月、最後の日だった。大またで前を歩いて行くJの後ろを追いながら、思えば、これまでも二度目のデートでは映画を観に行ったような気もする。一〇年間ソウルを離れていなかったら、一年の最後の日に人々がそれぞれ集まって何をするのかを知っていたなら、映画館に行こうなんてことは最初から思いつきもしなかっただろう。Jもまた、この数年スポーツに明け暮れていて、大晦日に映画を観るのは初めてだと

〇二四

言った。チケットはほとんど売り切れで、彼の希望した「中央の通路側の席」は買えなかった。チケットを買うときに、中央の通路側とはっきりと口にする男は初めてだった。

　トイレに行っている間に、すでに映画館の中は灯りが消えて真っ暗だった。反射的に思わず彼の袖をつかんだ。真ん中の席を除いて、両側には観客がぎっしり座っていた。彼が大きく一度息を吸い込む音が聞こえた。なんとか席につくと、背中が汗で濡れているのがわかり、額にも汗がにじんでいた。映画がちょうど始まったとき、彼がわたしの耳元でささやいた。「ほんとはこんな人の多いところはちょっと苦手なんです、先生」冗談だと思った。「そう？　多いっていえば多いけど」わたしはすっきりしないまま答えた。「手を握ってもらえたら、大丈夫かもしれないんですけど」と彼が力なく言ったときは、「なんだか、ずいぶん慣れてるのね」と、軽口まで叩いた。固く口をつぐんでいる彼のあごを眺めた。手を握ってくれという人にしてはあまりにも生真面目な顔をしていた。肘かけを慎重に手でさぐると、彼はわたしの手をぎゅっとつかんだ。どこかワニを思わせる彼のごつごつした手を払いのけようとしたものの、結局じっとしていた。彼が手を握るのではなく、何かをぐっと我慢するために握

〇二五

りしめているように感じられたからだ。四人きょうだいの末っ子が衣装ダンスから別世界の国「ナルニア」を見つけたことから始まる映画だった。そろそろ、ナルニアを支配しようとする魔女とライオンとの戦闘シーンが始まろうとしていた。さっきからずっとわたしの手を握っていたJの息遣いが徐々に荒くなっているのを感じた。「大丈夫？」……返事をすることもできないでいた。彼はできる限り上体をかがめながら、なんとか落ち着こうと必死な姿勢で、結局は席を立ってしまった。それでもわたしは、彼が苦痛に耐えるライオンのように大きく息を吸って吐く音、うめき声がもれないように歯を食いしばる音をひとつも漏らさずに聞いていた。彼のあとを追わずにそのまま席に座っていた。戦いが始まった。槍と矢が飛び交い、火柱が吹き上がった。魔女とライオンと四人の子どもたちは互いに追って追われた。何か守るべきものがあると、あんなふうに戦えたりもするのだろうか。いつだったか、講義中にうとうとと居眠りしていたJが、突然わめき散らすような大きな悲鳴をあげながら眠りから覚めたときのことが思い浮かんだ。あのとき、Jは何と叫んでいたっけ？　恐怖に怯えて見開かれた大きな目、わたしはそれを見ていたような気がする。席を立った。彼は人々で混雑する場所が怖いだけでなく、自分をきちんと守ってくれる人なしにはおそらく外に

〇二六

出ることもできないのだから。

　彼は映画館の出入り口の近くにある椅子にほとんど横たわるようにして上半身を預けていた。手足をぶるぶる震わせながら、胸を押さえては、ふぅふぅ、ふぅふぅと激しく息をしていた。なぜだろう。もうずいぶん前から彼を見守ってきたような気がする。一〇分だけ我慢して。心の中で言った。かつては時速一一〇キロで飛んでくるボールをセーブしていた、今はパニック障害でしきりに胸もとをかきむしっている彼の大きな手をぎゅっと握り締めた。苦しみに耐えようとする彼に、わたしが指を曲げてやれることは多くなかった。手がもっとしっかりとかみ合うように、わたしは彼の手の平の中にすべりこませた。登山家たちが互いを救助するとき、一人がもう一人の人を引っ張り上げるときにつかむように。「……もう、すっかり治ったと思ってたんですけど」発作が引くや彼が言った。すみません、先生、とも言った。わたしもほっとした。彼が、もう死にそうですとは言わなかったから。わたしは握り合わせた手を離さなかった。おのずと湧き上がってくる離したくないという思いに、どういうわけか少し泣かなくてならないような気分だ。

〇二七

トーマスに手紙を書いた。短い手紙にしたかった。Jについて書いた。封筒にトーマスの名前を力を込めて、はっきりと書き込んだ。すると手紙は長くなった。

6

「映画のあらすじ教えてあげようか？ 最後まで観られなかったもんね？」
義姉がわたしのことを幼な子をあやすようにして話すのは気に入らないくせして、Jに会うとわたしの口調は決まってそんな調子になる。
「本で読んだんで、先生」
「君でも本とか読んだりするんだ？」
「漫画で読むナルニア国物語ですけど」
「うちの甥っ子も漫画好きなのよ」
マフィンマンの話をしようとしてやめた。
「子どもってさ、知的能力があると思う？」
「僕のこと言ってるんですか？」

〇二八

若くて何が悪い？　とでもいう表情で彼がわたしを見た。
「ううん、ほら、子どもってさ、怖いものがこの世にいるって完全に信じこんでるような気がして」
「先生は何か怖いことってないんですか？」
Ｊが私を見つめた。答えないわけにはいかない。
「もう半分以上生きてきたから、大丈夫。もう大丈夫だって思うことにして」
「先生、知ってます？　この世って、ほんとにたくさんの恐怖が存在してるってこと。鳥への恐怖もあるし、おばけへの恐怖もあるし、数字の8が怖いって人もいるし、紙を怖がる人だって結構いるんですよ。ほんとにたくさんの種類の恐怖があるんですって。それに比べたら、僕なんてなんでもないっすよ」
　長い間治療を受けてきたというのだから、Ｊの話は間違っていないだろう。秋に、叔父の住むラオスまでの六時間のフライトにも耐えてからは、すっかり克服できたと思っていたし、それ以降はもう治療を受けなくてもいいと診断されたという。パニック障害の人にとっては、飛行機ほど恐ろしい閉鎖された空間もない。でも、わたしはＪから何かほかの話が出てくるのを待っている気がする。何を待っているのだろう。

〇二九

「不安なのと恐怖を感じるのと、その違い分かる?」
「訊いたりしないで、教えてくれればいいのに」
「不安を感じるのは、漠然とした何らかの危険がじきに襲ってくるかもしれないっていう感覚に圧倒されて緊張するときなの。それから恐怖っていうのは、怖れの対象がはっきりしてるから避けられるものだし。その対象が消え去れば、もうそれ以上恐怖は続かないから。だから、何を避ければいいのかすら分からない不安とは違うってこと」
「先生、ニーチェに関してだけ詳しいと思ったら、そうじゃないんですね?」
「……」
 言葉をそのまま移すだけなら、インコだってこれくらいのことはできるだろう。Jに気づかれないよう願いながら、わたしは苦笑した。Jはわたしが待っていた言葉を言わなかった。
「映画に出てきた衣装ダンスあるじゃない、人は誰でも、現実と幻想の世界をつなぐ、いわゆる無人島みたいな場所を一つぐらいは持ってると思うの。君にもそういうのがある?」

〇三〇

「そういうの、持ってたほうがいいんですかね？」
「それは、追われてるときにだけ現れるものじゃないの」
「あの歌、もう一度歌ってもらえます？」
「なんの歌？」
「あの日映画館を出て歩いてたとき、ほら、先生が歌ってくれた歌あるじゃないですか」
「あのときは、Jの笑うところが見たかった。
「ほんとに聴きたいの？」
「はい」
お酒を飲んだときにやりたくないことの一つが歌を歌うことだ。ふんふんとわたしは鼻歌を歌った。それからしたくなることの一つが明日の朝について考えること、そ
「どんな気分だい？／どんな気分だい？／帰る家もなく／誰も見向きもしない／転がり落ちてく石のように生きるっていうのは」
「いいですよね、ボブ・ディラン」
「ごめん。知ってる歌がこれしかないの」

〇三一

「先生はいつもそうやって何かあるとすぐ泣くんですか？」

「そっちだって、また顔赤くなってるわよ」

「そんなに見つめないでください」

「ねぇ、何かのせいでまた苦しくなっても、おっ、ちゃんと乗り越えられたなって思える日が来るよ。きっと、いつかは」

「どういうのが最高のゴールキーパーか知ってます？」

「それって、クイズ？」

「動かずにボールをキャッチできるゴールキーパーが最高なんですよ。それだけ位置を正確に読めてるってことだから」

「あ、そこにも哲学があるのね」

「僕のことはそんなに心配しないでください。それにハンドボールのせいでこうなったわけじゃないんです」

「先生は？」

「……もしもの話だけどさ、その怖れが消えたら、一番したいことって何？」

「とりあえず何か食べにいこうか？ お箸の使い方また教えてあげる」

「あの、だから、先生」
「うん？」
「時間がかかったとしても、少し待っててもらえますか？」
「……？」
　そして、Jは死んだ父親について話した。

　トーマスから返事が来た。わたしは、いま自分が持っているものの中で一番大切なものを思い浮かべた。ハンスを売ることにした。ペットショップを出てくるとき、突然「ゴハンヨ！ ゴハンヨ！」とハンスがわめき散らした。それは、ハンスがわたしに聞かせてくれた初めての言葉だった。ハンスの口調はどんな文章でも一気に話しきってしまう甥っ子と似ていた。ハンスがいなくなったのを知ったら、あの子はなんと言うだろう。おともだちが飛んでいっちゃったと言うだろうか。ハンスを売ったお金で、わたしは風船を買った。

7

わたしはこれをしたり、あれをすることだってできたし、この人と暮らすことも、あの人と暮らすこともできた。でも、わたしはニーチェを学ぶ人生を選び、今日まで一人だ。これはすべてわたしの選択だ。その選択についてはうまく説明できないけれど、それならばこんなふうに言ってみるのはどうだろう。わたしの知るある人は、小さな頃からあらゆる物事について絶えず質問を抱いていた。そのあらゆる質問が巡り巡ってとうとう彼を惹きつけてやまない金属にたどり着いた。なぜ光が出るのか？ なぜやわらかいのか？ なぜ冷たいのか？ なぜ硬いのか？ 結局、彼は化学者になり、精巧な二二〇個のチューニングピンに夢中になっていたある人はピアノの調律師になった。わたしの中からとめどなくあふれ出てくる問いは、どれも人間に関するものに辿り着いた。思考することはすなわち、人生における大きな問題だと考える人々は、決してニーチェとの関係を断ち切ることはできない。わたしは、彼を通してわたしを捉えて離さない問題を解き明かしてみたかった。はじめは、ニーチェはわたしに

〇三四

とって一つの大きな、近づくとすぐに開く扉のような希望の光として近づいてきた。数こそが万物を支配すると信じていたバートランド・ラッセルのように。結局わたしは化学者にも調律師にもなれない、一文無しなうえに仕事もなく、ドラマを観ていると笑う場面じゃないところで笑っていると家族に背中を叩かれてばかりの、孤独なシングルになったわけだが。

Jに会って以来、数多くの哲学者の中から、はるか昔にわたしがなぜニーチェを選んだのかについて再び考えるようになった。それは、大勢の哲学者の中でただ一人ニーチェだけが、人生の完結を追究するのならば、生きるうえでのあらゆる困難をすすんで受け入れるべきだと気づいていた哲学者だからだ。わたしはさまざまな困難に直面してきたし、いくらか克服したものもあれば、できなかったものもある。これからは哲学の力を借りずとも、わたしは自分が不完全であることを認め、そしてそんな自分を受け入れたい。心から守りたいと思えるものができたのだから。そのためには、矢を外側に向けるのではなく内側に向けなければならない。

Jは再び治療を受けはじめた。一月二三日、父親が自殺した日をわずか三週間後に控えていた。自殺したときJの父親は二七歳で、当時まだ二歳だったJは、もうすぐ

二七歳になる。彼に初めて会ったとき、その高い身長とがっしりした体格のわりに弱々しく見える気がしたのは、父親の死後、母親と姉たちといった女性にひたすら守られつつも、長い間、痛いくらいに父性を求めながら大きくなったせいかもしれなかった。尊敬できる父親がいないと、多くの男性は何らかの父親像を自分の中で作り出さなければならないという脅迫観念にとらわれやすい。彼が父親の人生を肯定しようとしているようには見えないが、自分も父親のように死のうとしたことが一度だけあると打ち明けた。わたしと知り合う少し前のことだったという。死んだ父親と同じ年になるということ、それが今の彼には最も大きな恐怖の原因になっていると思われた。病は時間と共に進行するという、病に対するヒポクラテスの見解は一理あるようだ。どんな病気にも発端というものがあり、それは徐々に深刻になり、危機だとか絶頂といったものを迎える。まるで小説のように。その次は、幸せな結末、あるいは致命的な結末に至るのだと彼は言った。こうしてヒポクラテスは「病歴」という概念を医学に導入したのである。Jが恐れているのは、つまり、死んだ父親の年になるということではなく、もしかしたらその病歴ではないだろうか。

Jと一緒に地下鉄に乗るのも、映画館に行くのも、そしてエレベーターに乗るのも

〇三六

簡単なことではなかったし、そのたびに彼はちらちらとわたしの様子をうかがった。彼の気分が良さそうに見える日は、わたしもトーマスが教えてくれたショスタコーヴィッチの秘密のようなものを話して聞かせてやったものだった。卓越した才能を持つ音楽家ショスタコーヴィッチの左脳の後ろのほうには、弾丸の屑のように見える金属の破片が残っていた。しかし、痛みがあるにもかかわらずショスタコーヴィッチはそれを除去することをひどく嫌がった。破片がそこにあるおかげで、左に頭を傾けるたびに新しい旋律が頭の中に次から次へと湧き上がり、彼はそれを五線紙に書き写し、数多くの名曲を作曲してきたのだった。レントゲン検査の結果、実際にショスタコーヴィッチが頭を動かすと同時に破片も一緒に動き、側頭葉にある音楽領域を圧迫するという事実が明らかになってもいた。幸いなのか、そうでないのかは分からないが、彼がこうした話を面白がることもなかったし、またショスタコーヴィッチが誰なのかも知らなかった。恐れるな、という言葉をどう伝えればいいのか分からず、わたしはしかめっ面のまま歩いていた。それから、不安や怖れといったものが、もしかしたら、今のわたしや君の人生を支えているのではないかということも。だからJ、わたしは君が順調に回復すればいいとは思わない。怖れがすべて消え去ったら、それは本当の

〇三七

君の人生じゃないかもしれないのだから。それでも、時にわたしたちは健全な人生のためには何が必要なのかについて、エピクロスのように真剣に考えてみる必要があった。

彼の治療の過程は順調そうにも、簡単そうにも見えなかった。治療のためにしなければならないめんどうなミッションのなかに、まず日誌をつけるというのがあった。例えば、担当医師が彼に「車を運転して市内を一周する」という宿題を出すと、それを誰といつ行ったのか、そしてそれを行う前の予想不安点数のようなものを記録するのである。そして、もし不安な状態になったなら、そこから抜け出す方法のようなものもである。最初の課題だった「車を運転して市内を一周する」のとき、彼は予告もなしにわたしの家の前の路地まで車でやってきて、寝起きでコンタクトレンズをつける間もないまま、分厚いふちめがねをかけて靴下も左右ちぐはぐのままでいるわたしを助手席に乗せた。午後一時だった。時間が過ぎると、彼は心臓がどきどきしてきて、首の後ろが硬直しはじめて、息遣いも荒くなった。まともに車線を守ることすら不可能に見えた。わたしは人差し指で髪の毛の先をぐるぐる巻いてばかりいた。もう一方の手はポケットの中に入った風船をいじくりまわしながら。渋滞中の島山大路(トサン)

〇三八

を過ぎる頃、彼は何分かしたら、巨大な生コン車が自分の車に衝突してくるような気がすると打ち明けた。ハンドルを握る手がすでに汗でびっしょりになっているのをわたしは知っている。あのさ、もし恐怖に襲われたら、それを予測して受け入れるのよ。それから、それを認識しつつ待ちながらそうっとしておくの。それから、今、君ができることに集中するのよ。その次は、恐怖を感じていても、その恐怖を乗り越えられたんだってことを認めて、君が不安に耐えるための練習のチャンスとして捉えるの。そして、また恐怖がやってくることも予想して、それを受け入れるのよ。わたしは知っている限りの怖れを克服する方法についてすばやくまくしたてた。かつて、自分が「恐怖」の部分を「別れ」に代えて考えていたその文章たちを。寂しく一人笑いながらジョークのように一言付け加えた。あらゆる学びには困難がつきものなのよ、J、と。……いや、そうじゃない。ただ、わたしは怒った人みたいに口をぎゅっとつぐんでいたのかもしれない。慰め方を知らなかったから。困ったことや難しい問題が起きると、わたしはまるで習慣のように、こういうときニーチェだったらどうするだろう？　と考えることがある。労わりだとか好意を伝える方法だとかいうものは、やはり若いときに学んでおくべきだ。わたしはそういった感覚を鍛える機会がほとんど

〇三九

なかったことに気がついた。慰めになりそうな一番温かい微笑みを浮かべて彼を見つめた。先生はいつもそんなふうに何かあるとすぐ泣くんですか？ と彼が皮肉ることがなくてよかった。あとで見ると、「もし不安になったとき、そこから抜け出す方法は」という欄に、彼は大きな字でもって「友人が代わりに運転する」と書き込んでいた。

　その日別れる前に、車の中でわたしはJにこんな話をした。J、君には失敗する権利があるし、恐れる権利があって、怒りを感じる権利があって、ほかの人の権利を侵害しない限り、J、自分のために何か楽しいことをする権利があるし、他人を憎む権利があるのよ。最後にわたしは言った。それからJ、君は運転する権利があるの。

　彼がその話に興味を示したことに、わたしとしては何よりほっとした。わたしは、自分の知っている多くのことを、時にはニーチェからではなくトーマスから学んだような気がする。シダ植物を育て、日曜日の午前一一時にはカフェ・ルイーゼでブランチを食べて、亡くなったお母さんが遺してくれた毛皮のコートを着てブランチを食べて、亡くなったお母さんの毛皮のコートを着込んで歩いているのを友人たちは、彼が亡くなったお母さんの毛皮のコートを着込んで歩いているのを理解できなかった。わたしたちが親しくなったのは、わたしは彼のコートを、そして

〇四〇

8

トーマスはわたしの抱えていた怖れを理解していたからだろう。

ある日、トーマスはわたしにこう言った。風船を買うんだ。わたしの友人であり主治医だった、そして後にベルリンにあるシャリテ病院神経精神科のドクターになったトーマスがわたしに施した治療方法のうちの一つだった。不安が近づいてくるのを感じるたびに、呼吸が荒くなるたびに、わたしは息を素早く吸い込みながら、フゥ、フゥ、フゥ、フッ、フッと風船を膨らませて呼吸を整えた。呼吸が荒くなりはじめても発作が起こらないよう、過呼吸状態に慣れるようにするための一種の呼吸トレーニングだった。グリーンとグレーの混ざった憂鬱な瞳でトーマスは、そんなわたしをじっと見つめていたものだった。それは、今まで目にした、わたしを見つめる一番不憫そうで悲しい目でもあった。わたしは数千個の風船を膨らませました。

小寒が過ぎ、冬の寒さはピークを迎えようとしていた。何もかもがかちかちに凍り付いてしまいそうな日がゆっくりと過ぎ去っていった。Jよりもほかの人と会って過

〇四一

ごす時間のほうが多かった。ほかの人といっても、講座の受講生たちばかりだけれど、その人たちとお茶を飲んで話を聞くのが楽しいときもあった。誰かがわたしのことを、まだ世間のことに疎いようだ、これは良い意味で言っているのだから深く考えないでくれと言って笑った。講義室でも講義室の外でも、わたしは先生には見えないようだった。どう見えるにせよ、毎週金曜日を待った。授業が終わるとばたばたと講義室をあとにするのが決まりだった。あまりに辛いときは一緒にいないほうがいい場合もあるというのを、彼が理解できたかどうかはわからないけれども。それは、悲しみを一緒に分かち合うのとは異なる類のことだ。安養の「よろず屋・チャ博士」に行き、三、四時間ぼうっと座っていたこともあった。先輩が席をはずしているときにお客が来ると、ゴミ袋みたいなものを売ったりもした。一二時間ずつ本を読んで思索にふけり散歩するのではなく、一二時間ずつJについて考えているせいで頭が割れそうだった。

空っぽになった鳥かごを見てハンスを思い出した。でも、深夜に時折ハンスがわたしの部屋に飛んで来て、なめらかな羽の中に首をかしげるようにして口ばしをうずめたまま、眠っているわたしを見守っているのを知っている。そうしたらわたしは、う

〇四二

うん？　と寝返りを打ちながら寝言のふりをして、大丈夫？　と話しかけたりするのだ。もっと言葉を教えられなかったのが悔やまれもする。朝になれば、いつも枕の上に緑色の羽根が一枚落ちていたりもするが、でも、そんなことはまだJには言えなかった。彼に会うたびにポケットの中に風船をつめこんで出かけているということも。

Jがわたしに聞き返した質問、怖れが消え去ったら一番最初に何をしたいかについて考えた。それは、わたし自身への問いであり、もっとも根本的な、それでいてわたしを癒してくれるそんな問いかけかもしれなかった。それについて考えるには、まずわたしの権利について考えないわけにはいかなかった。Jが待っていてほしいと言ったのは、正確には何のことなのか分からない。彼は先の尖ったペンを取り出して、慣れた手つきでわたしのノートの後ろにささっと魚を一匹描いて見せたことがある。
「これニジマスっていうんです、先生」わたしはこくんとうなずいた。「いつかこれ見に行きましょうよ」彼を見上げた。僕の夢はこれなんです、と言っているような、確信と不安定さが入り混じったあいまいな二六歳の顔。今、わたしが待っているのは、彼の父親が死んだ日であり、それはJが渡らなければならない最初の橋でもあった。今も彼は両腕で顔をかばいながら、だめだ！　と叫び声をあげる夢を見る。時速

〇四三

一一〇キロで飛んでくるボール。彼の父親の死を、彼は両腕で防がなければならなかった。大丈夫だよJ、もう半分ぐらいまでは来てるんだから。夢の中でわたしはつぶやいていた。怖くなんかない、わたしもやはり同じだった。

明日は地下鉄二号線に乗ろうとJは言った。二号線に乗って一周してから日誌に記録をつけるのが三つ目の課題だと言った。わたしは、彼が「もし不安になったとき、そこから抜け出す方法は」という欄に、今度はどんなふうに書くのか気になった。

9

ハイデルベルクを発つ前に船便で送っておいた本が、四ヶ月経って到着した。二ヶ月過ぎても到着しないので諦めていたところだった。体のどこかが折れてしまったような痛みがしばらくついて回った。神託のように思っていた九つのダンボール箱の中の本がリビングの床に積み上げられているのを見るや、むしろこの本が来るのを待っていたときのほうがずっと切実で恋しい時間だったということに気がついた。かつて

わたしを飲み込むような勢いで埋め尽くしていた情熱と集中力で、その本をふたたび開くことはできそうにない自分自身に怖れているのかもしれなかった。リビングの床をほとんど占領している重たい本たちは、わたしを促し急かしていた。それは、すでに分かりきっている二つの事実を思い起こさせた。もう四ヶ月という時間が過ぎ去ってしまったこと、そして今は、自分がハイデルベルクではなくここにいるということ。本はもっと多くのことを語りたがった。

帰国のときにガラス瓶に詰めておいた土を庭にぱらぱらと撒いた。旅にばかり出ていると、家に帰ってきてからも部屋に鍵をかけて寝るようになる。もうわたしは鍵をかけて寝なくなった。トランクルームは狭苦しいとはいえ、本を読んだり思索するのにそれほど不便はない。この先ずっとわたしが暮らすべき場所はここかもしれなかった。

最後の授業のとき、ニーチェがシルス・マリアの岩山の上で悟った永劫回帰思想について話した。そのときニーチェが流した涙の意味についても。ニーチェが残した箴言(げん)を紹介して七週間の講座を終えた。受講生たちと一緒にデパートのレストラン街で軽く食事をしてお茶を一杯ずつ飲んだ。皆、最後の授業に出てこなかったJについて

〇四五

少し話をした。Jの母親と知り合いだったという一人の受講生が、Jは今ラオスにいると言い、また別の受講生は今日の授業の前にJがデパートの一階でネクタイを選んでいるのを見たとも言った。冗談のうまかったJ、この中で一番若かったJと言いながらにこやかに笑うと、人々はすぐに話題を変えた。Jから連絡はなかった。話さなくとも分かることもあるが、話さなければ決して分からないこともある。今はどっちなのだろう？　Jのことを思い出すたびに、ニジマスを思い浮かべたりもした。

　一月二三日は、一月二二日を迎えるのとは少し気分が違ったが、時間は正確に流れていった。午後三時には間違い電話が一件かかってきて、午後五時が過ぎると、深くて濃い緑色に暗闇が染まりはじめた。わたしは食卓の椅子に座って窓のほうを眺めていた。暗さに目が慣れると、はらはらと雪が舞いはじめるのが見えた。猫の鳴き声が聞こえて、路地にはデリバリーのバイクが通り過ぎていった。いつもと変わらない平凡な日曜日の夕方だった。わたしはゆっくりと立ち上がって、鰹節でだしを取って、きのことねぎと春菊とたまねぎを冷水で洗って水気を切った。だしが煮立ってくると鍋を食卓の真ん中に移した。子どもたちが寝ている隙に奥の部屋で花札をしている父と母、兄と義姉の大きな声が聞こえた。食卓の前に家族が集まった。今晩は鍋じゃな

くてすいとんが食べたかっただとか、鍋にするならお肉をもう少し準備したらよかったのにだとか、焼酎はないのか、などとそれぞれ何か言いながら家族は箸をつけはじめた。スプーンが食卓のガラス板の上でかちかちたてる音、ずずっとつゆを飲み込む音、ガラスコップに水を注ぐ音などが続いた。……わたしは深く息を吸った。今、どこかでJも夕飯を食べているはずだと確信した。そう願うのではなく信じているのだと思った。もうこれ以上、Jを待たないことにした。

二月が始まった。鐘路(チョンノ)にある語学スクールで一週間に三回、初級ドイツ語を教えることになった。この仕事を紹介してくれたのもやはりチャ先輩だった。「先輩がやったらいいじゃない？」先輩はよろず屋みたいだと言って首を横に振った。よろず屋が性に合う人というのはどんな人なのだろう。わたしは先輩に初めて食事とお茶をごちそうした。その間、甥っ子がリビングで転んでテーブルの角に頭をぶつけるという事故があり、父方の祖母の法事もあった。法事のあった日、父がお供え料理の膳の上にあるろうそくに火を灯すと、怪我をした頭に保護用の白いネットをかぶって、まるで果物かごに入った梨のように見える甥っ子が、わーっ、たんじょうびだー！ と叫びながら「ハッピバスデートゥーユー、ハッピバスデートゥーユー」と手

を叩きながら歌を歌いはじめた。父は笑うことも泣くこともできないといった表情で「まったく、このぼうずは！」と言いながら、あっちの部屋こっちの部屋と飛び回りながら歌を歌っている甥っ子をつかまえようと顔を真っ赤にしていた。わたしは酒を注いでいる兄の真後ろに立っていた。子どもの頃から、どういうわけか兄とは腕を組んだり手をつないだりという接触がまったくなかったような気がする。若かった頃も、互いに別の相手を見つめるのに忙しく、一〇年ぶりに帰って来てみると、今度はそうするにはあまりにも年を取ったような気がする。それとなく兄の腕をそっとつかまえてみた。兄は父のように年を取っていて、きっとわたしは母のように年を取っているのだろう。こんなふうに法事を済ませ、一月が過ぎ二月がやってくる間に。けれど、黙って立っているだけでも三月は行き四月が過ぎるのならば、それは少し物悲しい気がする。足の裏が徐々に温かくなってきた。兄にはJのことを話せるかもしれないと思った。兄がわたしのほうを振り返ってにやっと笑った。「お前、そんなことしたって部屋は空けてやらんぞ」期待しても無駄だといった表情だった。

その日の夜、ハンスがわたしを起こした。一つの知らせを持って。

〇四八

10

ニーチェにとって、哲学とは氷で覆われた孤高の山で主体的に生きることだったように、わたしにとって人生というのもまた、その通りだった。抜け出せた怖れもあればそうできなかったものもあるけれど、わたしはいつもここに留まっていたかったし、それがわたしの選択だった。わたしは問いかけた。けれど、彼の庭園に入るというのは不可能なことを、今のわたしは知っている。わたしは真理を見つけられず、はばたくこともできなかった。ニーチェの言葉のように、河の水も自らの力では大きく豊かにはならないのだろう。たくさんの支流を受け入れながら絶えず流れ続けること、それが一つの河をつくるのだ。あらゆる精神の偉大さとは、問いに対する答えを教えるのではなく、方向を示すことなのだと気がついていた。そうであるなら、わたしにとって人生の方向を示してくれる偉大な芸術家はまさにニーチェということになる。

耐えなければならない人生、鍛錬しなければならない人生、手入れしなければならない人生、調和を成す人生についてわたしは考えはじめた。ニーチェはわたしたち

の人生に起こる不幸や苦境といったものを、取り除くべき悪として捉えていなかった。根の手入れをするようにして、自らの不幸や困難も世話をしなければならないと言った。それが庭師の経験を通してニーチェが残した哲学だった。

理性の声に耳を傾けよ。ニーチェがわたしに言った。

わたしの持つ権利について考えた。わたしには痛いと言う権利があり、本を読む権利があり、他人の権利を侵害しない限りその人に頼る権利があり、眠る権利がある。わたしにはトーマスの慰めと忠告に抵抗する権利があり、これ以上申し訳なく思わなくてもいい権利があり、Jのことを考えてもいい権利がある。わたしはもっとたくさんのことを考えなければならなかった。そして、とうとう、わたしがJに向けて放ったものの逆に跳ね返ってきた矢のような問いについて真剣に考えはじめた。怖れが消え去ったら、

「本を一冊書いてみたい」
わたしはJに言った。
「だと思ってました」

〇五〇

Jはさわやかに答えた。
「何が？」
「待っていてくれると思ってたってこと」
「今まで、どうしてたの？」
「一〇〇から逆に三つずつ引いていくんです。九七、九四、九一……、苦しい状態になるたびにそうやってたんですよ。地下鉄にもう三回も一人で乗ったんですよ、先生」
「一〇〇から三つずつ引きながら？」
「ええ、これほんとにいい方法で。先生も本読んでて頭が疲れたらやってみてください」
「それもいいけど、ちょっと一緒に風船膨らましてみない？」
「あの人たちみたいに凧をあげるならまだしも、風船だなんて、なんか恥ずかしいっすよ」
「フーーッ、ほら、思い切り膨らませてみて、フッ、フッ、フーフー」
「フゥーーーッ、こう？」
「一人の男が一人の女に、フゥーーッ」

「それ、フフッ、ハッピーエンドなんです？　フゥー」
「恋、フッッ、したんだって」
「風船膨らますのっ、フゥッ、すんごい久しぶりです、フゥッ」
「高いところがすごく苦手な、フゥーッ、フッ、フッフッ、男だったんだけど、相手の女の人に夢中になっている間、フッフッフゥー、ロッククライミングをやり遂げ、フゥッ、たんだって」
「誰がです？　フゥー」
「フーフーフッ、あたしの友達が、フッ」
　黄色い風船と青い風船が空に舞い上がっていくのを、Jと私は眺めて立っていた。風が吹く。ロッククライミングに成功した日のトーマスは、全身がココナッツブラウン色に輝いていた。ハイデルベルクを発つ前に、彼はわたしにこう忠告した。君の長所は、外の世界の影響を受けないところにある。学問をするなら、それはかなり大きな長所として作用するはずさ。でも、君はそうであるがために孤独に生きていく運命に置かれているんだ、永遠にね。
　わたしが暮らしていた小さな町と学校が、長い間わたしの世界のぜんぶだった。そ

〇五二

れを超えて遠く離れた世界は恐ろしい未知の世界だった。今、わたしは片足に繋がれていた組紐がするするとほどけるように、あの黄色い風船と青い風船のように、わたしの魂がすっと上空に抜けていくのを感じる。あなたには分かる？ トーマス。組紐には神秘的な二つの力がある。その力はある人には忌まわしいものでもあるし。でも、ある人にとっては、縁起のいいものでもある。ちょうど古代人の結縄文字みたいにね。わたしがこんなふうに言ったらトーマスは理解できるだろうか。トーマスが好きなウィトゲンシュタインは、人は希望を目に見える形で表現できないと言った。怒った人のように行動するのは簡単だ。喜んでいる人のように行動することもまた容易い。でも希望は？ それは難しい悲しみに沈んだ人のように行動することもまた容易い。もし、トーマスが風船を膨らまして飛ばしているJを見たら、それと彼は断言した。そして、彼の横に立っているわたしを見たのなら。
をなんと表現するだろう。

「先生、また泣いてるの？」
ごつごつした手でJがわたしの頬をそっと撫でた。
「ゆらゆらしてないで、Jがちゃんとまっすぐ立って」
両手でJの腕を取り、向かい合って立った。Jは少し緊張しているようだ。シル

〇五三

ス・マリアの岩山の上でニーチェが泣いたとき、それは単なる発見の喜びではなく、その理論を実存的に作用できるはずだという確信の誕生だった。確信の涙だった。もし、わたしが孤独に生きていく運命なのだとしたら、それは、だからこそわたしにとって独自性があるはずだ。そういったものは内部でのみ作られるはずなのだから。風船はずんずんと遠く空の彼方に飛んで行った。怖れを克服する道は、振り返ってみるのではなく前に進んでいくことなの、Ｊ。それは変化を意味するのかもしれない。自分でさえ気がつけなかった生きようという強い意志があるとしたら、それはたぶん風船のように丸く膨らんでいる気がする。わたしの額が彼のあごにつくよう、わたしはそっとかかとを上げる。

〇五四

訳者解説

一九六九年にソウルで生まれ、ソウル芸術大学文芸創作科を卒業したチョ・ギョンナン（趙京蘭）は、一九九六年に短編小説「仏蘭西眼鏡店」で東亜日報新春文芸に入選して登壇した。高校卒業後、大学に進学するまでの六年間、何もせず、人とこれといった交流も持たずにただ漠然と本だけを読み続ける暗たんとした時期を過ごしていた彼女だが、ある日、突如として何かを書こうと思い立ち、文学の道へ進むことになったという。

登壇した年に、初めての長編小説『食パンを焼く時間』で第一回文学トンネ新人作家賞を受賞し、文壇の注目を浴びる。日常にあふれる些細な瞬間を繊細に描写し、人間の孤独と哀愁を独特の密度の高い文体で掘り下げてゆく作品世界が受け入れられた。その後、中編小説「動き」、短編集『わたしの赤紫色のソファ』『杓子の話』『象を探して』、長編小説『家族の起源』『舌』などを発表。

二〇〇二年には今日の若い芸術家賞、二〇〇三年には「狭き門」で第四八回現代文学賞も受賞している。

ところが、登壇から八年目を迎えた二〇〇四年、長いスランプに陥る。精神を病み、書くことがつらくなると同時に、女性として老いていくことへの怖れも痛感していた。小説家としてもうだめだ、という自責の念にかられ、病的といってもいいほどの死への執着にも苦しんだ。『世界日報』のインタビュー（二〇〇八）では次のように述べている。「芸術家として、女として、老いていくということが恐怖でした。作家は目に見えないものを語るべきなのに、それができないのです。スーツケースを抱えてあちこち旅をしました。ベルリン、アムステルダム、パリ、東京に逃避したのです。なぜ思うように書けないのかと数千回ぼやきながら。三年ほどさまよった末にやっと机の前に座れました。このまま永遠に机から離れてしまうのではないかと、それが何より怖かったんです」。

こうした時期に書かれた作品が、著者にとって四年ぶりとなる短編集『風船を買った』（文学と知性社、二〇〇八）となった。それぞれが抱える傷のせいで他人との関係がうまくいかない現代人の葛藤と煩悶、心の傷と悲しみ、根源的な不

安の前に立った人間の微妙な心理を描き出した八編からなる。そのうちの六編が不安に苛まれ、自虐を繰り返していた時期に歯を食いしばって書いた作品だという。死についてとことん語った「かたつむりへ」、消えた夫を捜して見知らぬ都市を訪ねる「ヒョンランの最初の本」、詩を書けなくなった詩人が精神科でカウンセリングを受けながら自らの問題を直視していく「四〇歳についての推測」などには、当時、著者のもがいていた心が垣間見えるとも言えよう。

今回初の邦訳となった表題作「風船を買った」は、不安と怖れに向き合う二人の男女の物語だ。哲学研究者ではあるものの現実には適応できない「わたし」とパニック障害をかかえた青年Jが出会い、互いを癒していく。哲学者ニーチェの強靱な精神は「わたし」とJに大きな影響を与えると同時に慰めにもなり、真の治癒にこだわった著者の本領を確認できる一編だ。著者は、不安や苦しみを抱きかかえたまま、他者（あるいは自分自身）との和解に至る過程を一人称の視線で追いながら共感を引き出している。もしかしたら、小説を書くという行為そのものが、当時崖っぷちに立っていたチョ・ギョンナン(トンイン)自身をも救ったのかもしれない。このときに、本短編集で第三九回東仁文学賞を受賞したことは、著者自身に

〇五七

とって大きな自信になったであろうと思われる。

その後、チョ・ギョンナンは、生と死について掘り下げた長編『河豚』(文学トンネ、二〇一〇)、それぞれの深い孤独や傷をかかえたまま淡々と日々を暮らす人たちとその内面を静謐に描いた短編集『いつか流れゆく家で』(文学と知性社、二〇一三)を刊行。そして今年、五年ぶりに短編集『日曜日の哲学』(チャンビ、二〇一八)を発表した。現代人の孤独やさまざまな家族の在り方をつぶさに見つめるまなざしは変わらない。が、しかし、この一〇年の間に徐々に、著者の視線はより他者に向けられ、肯定的でおおらかなやさしさで包まれるような作風に変わってきていると感じた。ちなみに、最新作のあとがきでは、「今日は今日書けることを、明日は明日書けることを書いていくだけだ。誇張することなく、自然で静かな光を放つ、そんな本を書ける日まで」と語っている。

訳出に際しては、まず「密度の高い」と評される著者のぎゅっと凝縮された文体をできるかぎり生かすことを意識した。独特の淡々とした口調をそのまま再現するとぎくしゃくした硬さの残る訳文になったり、さりげない倒置法など、ちょっとした文末の処理ひとつで、著者らしい文体のニュアンスを強調できたか

と思えば、微妙に文章の座りが悪くなったりと、試行錯誤を繰り返した。次に、異文化(韓国的)要素をどこまで残すかという問題もやはり悩んだ部分である。

例えば、マンドゥ、ククスなどの韓国料理名は、本作品においては、その料理名の持つ影響力は低いと判断し、読みやすさを優先した。人称名詞についても、原作には兄嫁が主人公の「わたし」を「アガシ」と呼び、甥っ子もそれを真似するシーンが出てくる。しかし、アガシに訳注(夫の未婚の妹を呼ぶ語)をつけることによってリーダビリティが落ちることを憂慮し、登場人物たちのキャラクターや状況、甥っ子(やインコ)が「アガシ」と口にしたときのユーモラスさなどを考慮し、意訳を選択した。

訳者としては、微力ながらも、チョ・ギョンナン作品の手ざわりを読者にも感じていただけたらと願う。

呉永雅

著者

チョ・ギョンナン（趙京蘭）

1969年、ソウル生まれ。1996年、東亜日報新春文芸に
短編小説「仏蘭西眼鏡店」が入選し、創作活動を始めた。
本作品を表題作とする短編集『風船を買った』で
東仁文学賞を受賞したほか、文学トンネ新人作家賞、
今日の若い芸術家賞、現代文学賞などを受賞している。
主な作品として短編集『仏蘭西眼鏡店』、『わたしの赤紫色のソファ』、
『象を探して』、長編小説『家族の起源』、『私たちは会ったことがある』、
『舌』。エッセイに『百貨店』、『趙京蘭のワニの話』など。
既訳に「ちょっとした日々の記録」（『6 stories――現代韓国女性作家
短編』集英社刊所収）、「同時に」（『いま、私たちの隣に誰がいるのか』
作品社刊所収）がある。

訳者

呉永雅（オ・ヨンア）

1973年、静岡生まれ。慶応義塾大学卒業。
梨花女子大通訳翻訳大学院博士課程修了。
2007年、第7回韓国文学翻訳新人賞受賞。
梨花女子大通訳翻訳大学院専任講師、
韓国文学翻訳院アトリエ教授。
訳書にウン・ヒギョン『美しさが僕をさげすむ』、
キム・ヨンス『世界の果て、彼女』（ともにクオン）がある。

韓国文学ショートショート
きむ ふな セレクション02
風船を買った

2018年10月25日　初版第1版発行

〔著者〕チョ・ギョンナン（趙京蘭）
〔訳者〕呉永雅
〔ブックデザイン〕鈴木千佳子
〔ＤＴＰ〕山口良二
〔印刷〕大日本印刷株式会社

〔発行人〕　永田金司　金承福
〔発行所〕　株式会社クオン
〒101-0051　東京都千代田区神田神保町1-7-3 三光堂ビル3階
電話 03-5244-5426　FAX 03-5244-5428　URL http://www.cuon.jp/

© Cho Kyung-Ran & Oh Young A 2018. Printed in Japan
ISBN 978-4-904855-77-5 C0097
万一、落丁乱丁のある場合はお取替えいたします。小社までご連絡ください。

© 2008 by Cho Kyung-Ran
First published in Korea by Moonji Publishing Co., Ltd.
All rights reserved.
Japanese translation copyright © 2018 by CUON Inc.
The『風船を買った』is published by arrangement with K-BOOK Shinkokai.

This book is published under the support of
Literature Translation Institute of Korea (LTI Korea).

울음이었다. 확신의 탄성이었다. 만약 내가 고립적으로 살아갈 운명이라면 바로 그것 때문에 나에게는 독자성이 있을 것이다. 그런 것은 내부에서만 만들어지는 것일 테니까. 풍선은 자꾸자꾸 먼 하늘로 날아가고 있었다. 두려움을 극복하는 길은 뒤돌아보는 것이 아니라 앞으로 나아가는 거다 J. 그것은 변화를 뜻하는 것일지도 몰라. 스스로 깨닫지 못했던 삶의 특별한 의지가 있다면 그건 아마 풍선처럼 둥글고 부풀어 있을 것 같다. 내 이마가 그의 턱에 닿도록, 나는 살짝 발뒤꿈치를 들어 올린다.

다. 그 너머 멀리 떨어진 세계는 두려운 미지의 세계였다. 지금 나는 한쪽 발을 잡아매고 있던 매듭이 스르르 풀리듯, 저 노란 풍선과 파란 풍선처럼 내 영혼이 한 뼘쯤 위로 쑥 들리는 것을 느낀다. 너는 아니, 토마스? 매듭에는 신비한 두 가지 힘이 있어. 그 힘은 어떤 사람에게는 영원히 흉한 것일 수도 있어. 그러나 어떤 사람에게는 길한 것일 수도 있어. 마치 고대인들의 결승문자처럼 말이야. 내가 이렇게 말한다면 토마스는 이해할 수 있을까. 토마스가 좋아하는 비트겐슈타인은 인간에게 희망의 몸짓은 없다고 말했다. 화난 사람처럼 행동하는 것은 쉽다. 기쁜 사람처럼 행동하는 것도 쉽고 슬픔에 빠진 사람처럼 행동하는 것도 쉽다. 그런데 희망? 이것은 어렵다고 그는 단언했다. 만약 토마스가 풍선을 불어 날리고 있는 지금의 J를 봤다면 그걸 뭐라고 표현했을까. 그리고 또 그 옆에 서 있는 나를 보았더라면.

"선생님 또 울어요?"

울퉁불퉁한 손으로 J가 내 뺨을 쓸었다.

"그렇게 건들거리지 말고 똑바로 한번 서봐."

두 손으로 J의 팔뚝을 붙잡고 마주 섰다. J가 약간 긴장하는 것 같다. 수를레이 바위에서 니체가 울었을 때 그것은 단지 발견의 기쁨이 아니라 그 이론의 실존적인 작용에 대한 확신의

"후-흡, 이렇게요?"

"한 남자가 한 여자를 후-흡."

"그거, 후흡, 해피 엔딩이에요? 후후-흡."

"사랑 흡흡, 했대."

"풍선 부는 거, 후흡, 되게 오랜만이에요, 후-흡흡."

"높은 데를 아주 무서워하는 후-흡, 후후후, 남자였는데 사랑에 빠져 있는 동안, 후후후후-흡, 아주 훌륭하게 암벽 등반을 후흡, 했다는 거야."

"누가요? 흡흡."

"후후 흡, 내 친구가, 흡."

노란 풍선과 파란 풍선이 하늘로 날아오르는 것을 J와 나는 바라보고 서 있었다. 바람이 분다. 암벽 등반에 성공하던 날의 토마스는 온몸이 코코넛브라운 색깔로 빛나고 있었다. 내가 하이델베르크를 떠나기 전에 그는 나에게 이렇게 충고했다. 너의 장점은 외부 세계의 영향을 받지 않는다는 데 있다. 학문을 하겠다면 그것은 아주 큰 장점으로 작용할 거야. 그런데 너는 바로 그것 때문에 고립적으로 살아갈 운명에 놓이게 될 거야, 영원히.

내가 살았던 작은 마을과 학교가 오랫동안 내 세계의 전부였

나면,

"책을 한 권 쓰고 싶어."

나는 J에게 말했다.

"그럴 줄 알았어요."

J는 시원시원하게 대답했다.

"뭘?"

"기다리고 있을 줄 알았다구요."

"그동안, 어땠니?"

"백에서부터 거꾸로 삼씩 뺐어요. 구십칠, 구십사, 구십일……, 어려운 일이 생길 때마다 그렇게 했어요. 난 벌써 지하철을 세 번이나 혼자 탔다구요, 선생님."

"백에서부터 삼씩 빼면서?"

"네, 그거 정말 좋은 방법이에요. 선생님도 책 읽다 머리 아프면 그렇게 해보세요."

"그것도 좋지만 저, 우리, 풍선 한번 불어볼까?"

"저 사람들처럼 연이나 날린다면 모를까, 에이 창피하게 웬 풍선을요."

"후-훕, 자, 너도 한번 빵빵하게 불어봐, 홉홉홉-후."

것, 그것이 강 하나를 만들 것이다. 모든 정신의 위대함이란 질문에 대한 해답을 들려주는 것이 아니라 방향을 제시해주는 사실이라는 것을 깨닫고 있었다. 그렇다면 나에게 내 삶의 방향을 제시해준 위대한 예술가는 바로 니체인 셈이다. 견뎌야 하는 삶, 가꾸어야 하는 삶, 돌봐야 하는 삶, 조화를 이루는 삶에 대해 나는 생각하기 시작했다. 니체는 우리 삶에서 일어나는 불행한 일들, 곤경 같은 것들을 나쁘고 제거해야 되는 것으로만 생각하지 않았다. 뿌리를 돌보듯 자신의 불행과 어려움을 돌봐야 한다고 말했다. 그것이 정원사의 경험을 통해서 니체가 남긴 철학이었다.

이성의 명령에 귀 기울여라. 니체가 나에게 말했다.

내가 가진 권리들에 대해서 생각했다. 나에게는 아프다고 말할 권리가 있고 책을 읽을 권리가 있고 타인의 권리를 침해하지 않는 한 그에게 의지할 권리가 있고 진실을 말할 권리가 있고 잠을 잘 권리가 있다. 나에게는 토마스의 위로와 충고에 저항할 권리가 있고 더 이상 미안해하지 않아도 될 권리가 있고 J를 생각해도 될 권리가 있다. 나는 더 많은 생각을 하지 않으면 안 되었다. 그리고 마침내 내가 J에게 쏘았으나 되돌려 받은 화살 같은 질문에 대해 골똘히 생각하기 시작했다. 두려움이 사라지고

긴 몰라도 나는 엄마처럼 나이가 들어가고 있을 것이다. 이렇게 제사를 지내고 1월이 가고 2월이 오는 사이에 말이다. 그러나 가만히 서 있기만 하는데도 3월이 가고 4월이 간다면 그건 좀 서글플 것 같다. 팔꿈치 안쪽이 서서히 따뜻해졌다. 오빠에게는 J에 관해 이야기할 수 있을지도 모른다는 생각이 들었다. 오빠가 나를 돌아보더니 씩 웃었다. '너 이런다고 내가 방을 비워줄 것 같으냐?' 어림도 없다는 표정이었다.

그날 밤 한스가 나를 깨웠다. 한 가지 소식을 전해주었다.

10

니체에게 철학이란 얼음으로 뒤덮인 고산에서 자발적으로 사는 것이었듯 나에게 있어서 삶이란 것 또한 바로 그랬다. 벗어난 두려움도 있고 그렇지 못한 것도 있지만 나는 늘 여기 머물고 싶어 했고 그것은 나의 선택이었다. 나는 질문했다. 그러나 그의 정원으로 들어간다는 것은 불가능한 일이라는 것을 이제 나는 안다. 나는 진리도 찾지 못했고 도약도 하지 못했다. 니체의 말처럼 어떤 강물도 자기 자신에 의해서만은 크고 풍부해지지 않을 것이다. 많은 지류를 받아들이며 끊임없이 계속 흘러가는

2월이 시작되었다. 종로에 있는 학원에 나가서 일주일에 세 번씩 초급 독일어를 가르치게 되었다. 그 일을 소개해준 사람도 역시 차선배였다. '선배가 하지 왜?' 선배는 지물포 일이 적성에 딱 맞는 것 같다며 고개를 저었다. 지물포 일이 적성에 딱 맞는 사람은 어떤 사람일까. 나는 선배에게 처음으로 밥과 차를 샀다. 그사이에 조카가 거실에서 넘어지면서 탁자 모서리에 머리를 부딪히는 사고가 있었고 친할머니 제사가 있기도 했다. 제사를 지내던 날 아버지가 제사상 위에 촛불을 켜자 다친 머리에 보호용 흰 그물망을 뒤집어써서 꼭 과일상자 속의 배처럼 보이는 조카가 와, 생일이다! 소릴 지르며 '해피버쓰데이투유, 해피버쓰데이투유' 하고 손뼉을 치면서 노래를 부르기 시작했다. 아버지는 웃지도 울지도 못하는 얼굴로 '어이구 이놈아!' 하면서 이 방 저 방 통통통통 뛰어다니며 노래를 불러대는 조카를 붙잡느라 얼굴이 벌게졌다. 나는 술잔을 돌리고 있는 오빠 등 뒤에 서 있었다. 어렸을 적부터 어쩐지 오빠와는 팔짱을 낀다거나 손을 잡는다거나 하는 신체적인 접촉이 전혀 없었던 것 같다. 젊었을 적에는 서로 다른 사람을 쳐다보느라 그랬고 십 년 만에 돌아와 보니 그러기에는 너무 나이가 든 것 같다. 모르는 척 오빠의 팔짱을 한번 껴보았다. 오빠는 아버지처럼 늙어가고 있었고 모르가 한 통 왔었고 오후 다섯 시가 지나자 어둡고 짙은 녹색으로 어둠이 몰려들기 시작했다. 나는 식탁의자에 앉아서 창문 쪽을 바라보고 있었다. 어둠이 눈에 익자 희끗희끗 눈송이가 날리기 시작하는 것이 보였다. 고양이 울음소리가 들렸고 골목으로 음식 배달을 나온 오토바이들이 지나다녔다. 여느 때와 다름없는 평범한 일요일 저녁이었다. 나는 천천히 일어나서 가쓰오부시로 국물을 만들고 버섯과 대파와 쑥갓과 양파를 찬물에 씻어 물기를 뺐다. 국물이 끓기 시작하자 전골냄비를 식탁 한가운데로 옮겨놓았다. 아이들이 잠든 틈에 안방에서 민화투를 치고 있는 아버지 엄마 오빠 올케를 큰 소리로 불렀다. 식탁 앞으로 가족들이 모였다. 오늘 저녁에는 전골이 아니라 수제비가 먹고 싶었다는 둥 전골을 할 거면 고기 좀 넉넉하게 준비하지 그랬냐는 둥 어디 소주 같은 건 없냐는 둥 제각각 한마디씩 하면서 가족들이 숟가락을 들기 시작했다. 수저가 식탁 유리 위에 딱딱 부딪히는 소리, 후루룩 국물을 떠먹는 소리, 유리잔에 물 따르는 소리들이 소란스럽게 이어졌. ……나는 깊은 숨을 쉬었다. 지금 어디선가 J도 저녁밥을 먹고 있을 거라는 확신이 들었다. 그것은 바람이 아니라 믿음 같은 거였다. 더 이상 J를 기다리지 않기로 했다.

그고 잠을 자게 된다. 이제 나는 더 이상 방문을 걸어 잠그고 자지 않게 되었다. 다용도실은 비좁지만 책을 읽거나 사색을 하는 데 큰 어려움은 없다. 오랫동안 내가 살아야 할 곳은 여기인지도 몰랐다.

 마지막 강의 시간에 나는 니체가 수를레이 바위에서 깨달았던 영원회귀 사상에 대해서 이야기했다. 그때 니체가 흘렸던 눈물의 의미에 대해서도. 니체가 남긴 잠언들을 소개해주는 것으로 칠 주간의 강의를 마쳤다. 수강생들과 함께 백화점 식당에서 만두를 먹고 차를 한 잔씩 마셨다. 사람들은 마지막 시간에 오지 않은 J에 대해 잠시 이야기했다. J의 모친과 알고 지낸다는 한 수강생은 J가 지금 라오스에 있다고 했고 또 다른 수강생은 오늘 수업 시간 전에 J가 백화점 일 층에서 넥타이를 고르고 있는 것을 보았다고도 했다. 우스갯소리를 잘하던 J, 우리 중에서 가장 젊었던 J, 라며 깔깔거리다가 사람들은 곧 화제를 돌렸다. J에게서는 연락이 없었다. 말을 안 해도 알 수 있는 게 있지만 말을 하지 않으면 도저히 알 수 없는 것들이 있다. 지금은 어느 쪽일까? J 생각이 날 때마다 무지개송어를 떠올리곤 했다.

 1월 23일은 1월 22일을 맞는 것과는 약간 다른 기분이었지만 시간은 정확하게 흘러갔다. 오후 세 시에는 잘못 걸려온 전화

어나는 방법은'이라는 칸에 이번에는 뭐라고 쓸지 궁금하다.

9

하이델베르크를 떠나기 전에 배로 부친 책이 넉 달 만에 도착했다. 두 달이 지나도록 오지 않아 체념하고 있던 참이다. 몸 어딘가 부러져나간 것 같은 통증이 한동안 따라다녔다. 신탁처럼 여겨졌던 아홉 박스의 책들이 거실 바닥에 쌓여 있는 것을 보자 차라리 그 책들이 오기를 기다렸던 순간이 더 절실하고 그리웠다는 것을 알게 되었다. 예전에 나를 집어삼킬 듯 가득 찼던 열정과 몰입으로 그 책들을 다시 펼치지 못할 것 같은 나 자신에 대해 겁을 집어먹고 있는지도 몰랐다. 거실 바닥을 거의 다 차지하고 있는 무거운 책들은 나를 종용하고 채근하고 있었다. 그것은 내게 자명한 두 가지 사실을 일깨워주었다. 벌써 넉 달이라는 시간이 지나가버렸다는 것, 그리고 지금은 내가 하이델베르크가 아니라 여기 있다는 것. 책은 더 많은 것을 말하고 싶어 했다.

집으로 돌아올 때 유리병에 담아왔던 흙을 마당에 훌훌 뿌렸다. 여행을 너무 자주 떠나면 집에 돌아와서도 방문을 걸어 잠문이며 가장 근본적인, 또한 내게 위안을 줄 수 있는 그런 질문일지도 몰랐다. 그 생각을 하려면 우선 나의 권리에 대해 생각하지 않을 수 없었다. J가 기다려달라고 말한 게 정확히 무엇인지 잘 모르겠다. 그는 뾰족한 펜을 꺼내더니 능숙한 솜씨로 내 노트 뒤에다 쓱쓱 물고기 한 마리를 그려 보여준 적이 있다. '이게 무지개송어라는 거예요, 선생님.' 아, 나는 고개를 끄덕거렸다. '언젠가 이걸 보러 가요.' 그를 올려다봤다. 내 꿈은 이거예요, 라고 말하고 있는 듯 확신과 불안정함이 뒤섞인 모호한 스물일곱의 얼굴을. 지금 내가 기다리고 있는 첫번째 것은 그의 아버지가 죽은 날이며 그것은 J가 건너가야 하는 첫번째 다리이기도 했다. 지금도 그는 두 팔로 얼굴을 막으며 안 돼! 라고 소리치는 꿈을 꾼다. 시속 백십 킬로미터의 속도로 날아오는 공. 그 아버지의 죽음을 그는 두 팔로 막아내야 했다. 괜찮아 J, 이미 절반쯤 건너온 거야. 꿈속에서 나는 중얼거리고 있었다. 두렵기는, 나 역시 마찬가지였다.

내일은 지하철 2호선을 타러 가자고 J는 말했다. 2호선을 타고 한 바퀴 순환하여 일일기록지를 작성하는 것이 새 과제라고 하였다. 나는 그가 '만일 불안한 상태가 찾아올 때 그것에서 벗

일을 기다렸다. 수업이 끝나면 부랴부랴 강의실을 빠져나오기 일쑤였다. 너무 힘든 일이 있으면 때로 함께 있는 것이 좋지 않을 때가 있다는 걸 그가 이해할 수 있을지는 모르겠지만 말이다. 그것은 슬픔을 같이 나누는 일하고는 다른 종류의 일이다. 안양 '차박사지물포'에 가 서너 시간씩 무연히 눌러앉아 있기도 했다. 선배가 잠깐 자리를 비울 때 손님이 오면 쓰레기봉투 같은 것을 팔기도 했다. 열두 시간 동안 책 읽고 사색을 하고 산책하는 것이 아니라 열두 시간씩 J에 관해 생각하느라 머리가 터질 지경이었다.

텅 빈 새장을 보면 한스가 생각났다. 그러나 깊은 새벽녘, 이따금 한스가 내 방으로 날아와 매끄러운 깃털 속에 갸우뚱 부리를 묻은 채 잠든 나를 지켜보고 있다는 걸 안다. 그러면 나는 끙, 돌아누우며 잠꼬대를 가장한 채 괜찮니? 말을 걸곤 하는 것이다. 말을 더 가르치지 못한 게 후회스럽기도 하다. 아침이면 베개 위로 초록색 깃털이 하나씩 떨어져 있기도 하지만 그런 말은 아직 J에게도 하지 못했다. 그를 만날 때마다 주머니 속에 잔뜩 풍선을 넣어 갖고 다닌다는 말도.

J가 내게 되물었던 질문들, 불안이 해소되고 나면 가장 먼저 무엇을 할 것인지에 대해 생각했다. 그것은 나 자신에게 한 질

안이 다가오는 것을 느낄 때마다, 호흡이 거칠어질 때마다 나는 숨을 깊고 빠르게 쉬면서 후, 후, 흡흡흡, 풍선을 불며 호흡을 조절했다. 호흡이 거칠어지기 시작해도 쉽게 공황 발작을 일으키지 않도록 과호흡 상태에 익숙하게 만들기 위한 일종의 호흡 훈련법이었다. 초록과 회색이 섞인 우울한 눈동자로 토마스는 그런 나를 물끄러미 지켜보곤 했다. 그것이 지금껏 내가 본, 나를 바라보는 가장 안타깝고 슬픈 눈이기도 했다. 나는 수천 개의 풍선을 불었다.

8

 소한 추위로 겨울은 절정을 이루는 듯했다. 모든 것이 꽁꽁 얼어붙어버린 듯 날은 더디게 흘러갔다. J보다는 다른 사람들과 더 자주 만나 시간을 보냈다. 다른 사람이라고 해봤자 내 수업을 듣는 수강생들이 전부였지만 그들과 차를 마시고 이야기를 듣는 것이 즐거울 때도 있었다. 누군가는 나를 두고 아직 세상 물정을 잘 모르는 것 같다고, 좋은 뜻으로 하는 말이니 새겨듣지는 말라며 웃었다. 강의실에서도 강의실 밖에서도 나는 선생으로 보이지는 않는 모양이었다. 그러거나 말거나 매주 금요한 글씨로 '친구가 대신 운전한다'라고 써놓고 있었다.

그날 헤어지기 전에 자동차 안에서 J에게 나는 이런 이야기를 들려주었다. J, 너는 실수할 권리가 있고 도움을 청할 권리가 있고 분노를 느낄 권리가 있고 울 권리가 있고 놀랄 권리가 있고 마음이 변할 권리가 있고 다른 사람의 권리를 침해하지 않는 한 J, 너 자신을 즐겁게 할 어떤 일이라도 할 수 있는 권리가 있고 타인을 미워할 권리가 있어. 마지막으로 나는 말했다. 그리고 J, 너는 운전을 할 권리가 있어.

그가 그 대화에 흥미를 보였다는 것이 나로서는 정말 다행한 일이었다. 나는 내가 알고 있는 많은 것들을 때로는 니체에게서가 아니라 토마스에게 배운 것 같기도 하다. 양치식물을 키우고 일요일 오전 열한 시면 카페 루이제에서 브런치를 사먹고 죽은 엄마가 남겨준 모피코트를 입고 다니는 내 친구 토마스. 친구들은 그가 죽은 엄마의 모피코트를 몸에 걸치고 돌아다니는 사실을 이해하지 못했다. 우리가 가까워진 건 나는 그의 외투를, 그리고 토마스는 내가 가진 두려움을 이해했기 때문일 것이다.

어느 날 토마스는 내게 이렇게 말했다. 풍선을 사라. 그것은 나의 친구이자 주치의였던, 훗날 베를린의 샤리테 병원 신경정신과 닥터가 된 토마스가 내게 내린 치료 방법 중 하나였다. 불

받아들이는 거야. 그리고 그것을 인식하면서, 기다리면서 내버려두는 거야. 그리고 현재 네가 할 수 있는 일에 집중하는 거야. 그 다음엔 공포와 함께하면서 공포를 견뎌낸 성과를 인정하고 그 기회를 네가 불안을 견딜 수 있다는 걸 연습할 기회로 삼는 거야. 그리고 또다시 공포가 올 수 있다는 것을 예상하고 그걸 받아들이는 거야. 나는 내가 알고 있는, 공황을 극복할 수 있는 방법들에 대해서 재빨리 쏟아놓았다. 한때는 내가 공포를 이별로 바꿔 생각했던 그 문장들을. 쓸쓸히 웃으며 나는 농담처럼 덧붙였다. 모든 배움에는 굴곡이 있는 거다, 너, 라고. ……아니다. 다만 나는 화가 난 사람처럼 입을 꾹 다물고 있었는지도 모른다. 위로를 하는 방법을 몰랐으니까. 난처하거나 어려운 일이 생기면 버릇처럼 이럴 때 니체라면 어떻게 할까? 생각하고는 한다. 위로라든가 호의를 베푸는 법이라든가 하는 것들은 역시 젊었을 때부터 배워야 한다. 나는 이런 감각을 훈련할 수 있는 기회가 거의 없었다는 것을 깨달았다. 그를 위로하기 위해서 내가 만들어낼 수 있는 가장 따뜻한 미소를 띠고 그를 바라봤다. 선생님은 원래 그렇게 툭하면 울어요? 라고 그가 핀잔을 주지 않아서 다행이다. 나중에 읽어본 거지만 '만일 불안한 상태가 찾아올 때 그것에서 벗어나는 방법은'이라는 난에 그는 큼직큼직

그의 치료 과정은 순조로워 보이지도 쉬워 보이지도 않았다. 치료를 위해 그가 해야 하는 번거로운 의무들 중에서 우선 일일기록지라는 것을 작성해야 했다. 예를 들어 담당 의사가 그에게 '운전하면서 시내 한 바퀴 돌기'라는 숙제를 내주면 그것을 행하는 시간과, 누구와 함께 했는지, 그리고 그것을 하기 전의 예상 불안점수 같은 것을 기록하는 것이다. 그리고 만일 불안한 상태가 찾아오면 그것에서 벗어날 방법 같은 것 또한 말이다. 첫 과제였던 '운전하면서 시내 한 바퀴 돌기'를 할 때 그는 예고도 없이 우리 집 골목까지 차를 몰고 와 이제 막 잠에서 깨어나 렌즈를 낄 시간도 없어 두꺼운 뿔테 안경을 쓰고 양말도 짝짝이로 신은 나를 옆자리에 태웠다. 오후 한 시였다. 시간이 지나자 그는 가슴이 두근거리고 뒷목이 뻣뻣해지는 증상을 보이며 숨을 거칠게 몰아쉬었다. 제대로 차선을 지키는 것조차 불가능해 보였다. 나는 집게손가락으로 머리카락만 빙빙 돌리고 있었다. 다른 한 손은 주머니 속에 든 풍선을 만지작거리면서. 정체 중인 도산대로를 지날 때쯤 그는 몇 분 후면 무시무시한 레미콘 한 대가 자신의 차를 들이받아버릴 것 같은 기분이 든다고 털어놓았다. 핸들을 잡고 있는 손이 이미 흥건하게 젖어 있다는 걸 나는 안다. 저기 말야, 만약 공포가 오면 그걸 예상하고

마스가 내게 들려준 쇼스타코비치의 비밀 같은 것을 이야기해주고는 했다. 뛰어난 음악가인 쇼스타코비치의 왼쪽 뇌 끝부분에는 탄환 부스러기로 보이는 금속 파편이 박혀 있었다. 그러나 통증에도 불구하고 쇼스타코비치는 그것을 제거하는 것을 몹시 꺼려했다. 파편이 거기 있기 때문에 왼쪽으로 머리를 기울일 때면 그때마다 새로운 선율이 머릿속에 가득 차올랐고, 그는 그것을 오선지에 옮겨 수많은 명곡들을 작곡하곤 했던 것이다. 뢴트겐 검사 결과 실제로 쇼스타코비치가 머리를 움직이면 동시에 파편이 따라 움직여서 측두엽에 있는 음악 영역을 압박한다는 사실이 밝혀지기도 했다. 다행인지 아닌지 모르겠지만 그는 이런 이야기들을 재미있어하지도 않았고 또 쇼스타코비치가 누구인지도 몰랐다. 두려워하지 마, 라는 말을 어떻게 해야 좋을지 알 수가 없어 나는 줄곧 얼굴을 찌푸리고 다녔다. 그리고 불안이나 두려움 같은 것이 혹시 지금의 나를, 너의 삶을 지탱하고 있는 것은 아닐까 하는 말도. 그래서 J, 나는 너가 순조롭게 회복되길 바라지 않는다. 두려움이 다 사라지고 나면 그건 진짜 너의 삶이 아닐 수도 있으니까. 그래도 때로 우리는 건강한 삶을 위해서 무엇이 필요한가에 관해 에피쿠로스처럼 진지하게 생각해볼 필요가 있었다.

이 들었던 것은 아버지의 죽음 이후 오직 어머니나 누나들 같은 여성들의 보호 속에서, 오랫동안 남자의 손길을 고통스러울 정도로 그리워하며 성장한 탓일지도 몰랐다. 훌륭한 아버지가 없다면 대부분의 남자들은 그런 아버지를 자신에게서 만들어 내야 한다는 강박에 사로잡히기 쉽다. 아버지의 삶을 긍정하는 태도도 그에겐 없지만 그는 아버지처럼 죽기를 시도한 적이 한 번 있었다고 털어놓았다. 나를 만나기 얼마 전의 일이라고 했다. 죽은 아버지의 나이가 된다는 것, 그것이 지금 그에게는 가장 큰 두려움의 원인이라는 걸 짐작하게 되었다. 병은 시간과 함께 진행된다는, 병에 대한 히포크라테스의 견해는 일리가 있는 것 같다. 모든 병에는 발단이라는 게 있고 그것은 점차 심각해져서 위기라든가 절정 같은 것을 맞게 된다. 마치 소설처럼 말이다. 그 다음에는 다행스러운 결말 혹은 치명적인 결말에 이른다고 그는 말했다. 이렇게 해서 히포크라테스는 '병력'이라는 개념을 의학에 도입하게 된 것이다. J가 두려워하는 것은 곧 죽은 아버지의 나이가 된다는 게 아니라 어쩌면 그 병력이 아닐까.

J와 함께 지하철을 타는 것도 극장에 가는 것도 그리고 엘리베이터를 타는 것도 쉽지는 않았고 그럴 때마다 그는 슬쩍슬쩍 내 눈치를 살폈다. 그가 기분이 좋아 보이는 날이면 나는 토

로잡고 있는 문제들을 풀어나가고 싶었다. 처음에 니체는 나에게 하나의 커다란, 다가가면 곧 열릴 문처럼 희망적으로 다가왔다. 수(數)야말로 만물을 지배한다고 믿었던 버트런드 러셀처럼 말이다. 결국 나는 화학자도 조율사도 되지 못한, 빈털터리에다 직장도 없고 드라마를 볼 때는 웃을 때도 아닌 데서 웃는다고 가족에게 등짝이나 얻어맞기 일쑤인 고독한 싱글이 되었지만.

J를 만난 후 수많은 철학자들 중에서 내가 니체를 선택한 그 오래전의 이유를 다시 상기하게 되었다. 그것은 많은 철학자들 중에서 오직 니체만이, 인생의 완성을 추구하는 사람이라면 누구나 생의 모든 어려움을 기꺼이 받아들여야만 한다는 것을 깨달은 철학자였기 때문이다. 나에게는 직면한 여러 가지 어려움이 있었고 더러는 극복한 것도 그러지 못한 것도 있다. 철학의 힘이 아니더라도 이제 나는 나의 불완전성을 인정하고 또 그것과 화해하고 싶다. 정말로 지키고 싶은 게 생겼으니까. 그러자면 화살을 밖으로 향할 것이 아니라 내면으로 돌려야 한다.

J는 다시 치료를 받기 시작했다. 1월 23일, 아버지가 자살한 날을 불과 삼 주 앞두고였다. 자살했을 때 J의 아버지는 이십팔 세였고 그때 겨우 세 살이었던 J는 곧 이십팔 세가 된다. 그를 처음 봤을 때 큰 키와 덩치에도 불구하고 섬약하게 보인다는 생각

문장이든 단숨에 말해버리고 마는 조카와 닮아 있었다. 한스가 없어진 걸 알면 그 애는 뭐라고 할까. 친구가 날아가버렸다고 할까? 한스를 팔고 생긴 돈으로 나는 풍선을 샀다.

7

나는 이것을 하거나 저것을 할 수도 있었고 이 사람과 살거나 저 사람과 살 수도 있었다. 그러나 나는 니체를 공부하는 삶을 택했고 지금까지 혼자다. 이것은 전적으로 나의 선택이다. 그 선택에 대해서 잘 설명할 수는 없지만 자, 그럼 이렇게 말하는 건 어떨까. 내가 아는 어떤 사람은 아주 어렸을 적부터 모든 사물들에 대해서 끊임없는 질문을 품고 있었다. 그 모든 질문들은 돌고 돌아 마침내 그를 사로잡는 대상인 금속으로 귀착되었다. 왜 빛이 나는 걸까? 왜 부드러운 걸까? 왜 차가운 걸까? 왜 딱딱한 걸까? 그는 결국 화학자가 되었고, 정교한 이백이십 개의 튜닝팬에 몰두했던 사람은 피아노 조율사가 되었다. 내가 가진 끊임없는 질문은 모두 인간에 관한 것으로 귀착되었다. 사고를 하는 것이 곧 삶의 커다란 문제라고 생각하는 사람들은 결코 니체와의 관계를 끊을 수가 없다. 나는 그를 통해서 나를 사선정을 잘했다는 거니까요."

"어, 거기에도 철학이 있구나."

"내 걱정 너무 하지 마세요, 선생님. 저, 핸드볼 때문에 그러는 거 아니에요."

"……만약에 말야, 그 두려움이 사라진다면 가장 하고 싶은 일이 뭐니?"

"선생님은요?"

"뭐, 국수 같은 거 한 그릇 먹으러 갈까? 젓가락질 다시 가르쳐줄게."

"저기, 있잖아요 선생님."

"응?"

"시간이 걸리더라도, 좀 기다려줄 수 있어요?"

"……?"

그리고 J는 죽은 아버지에 대해 이야기했다.

토마스에게 답장이 왔다. 나는 지금 내가 가진 것들 중에서 가장 소중한 것을 떠올려보았다. 한스를 팔기로 했다. 조류원을 나오는데 갑자기 '밥 먹어! 밥 먹어!' 한스가 꽥 소리쳤다. 그것은 한스가 내게 들려준 첫번째 언어였다. 한스의 말투는 어떤

"그날 극장에서 나와서 걸어갈 때, 왜 선생님이 불러주신 노래 있잖아요."

그땐, J가 웃는 것이 보고 싶었다.

"정말 듣고 싶니?"

"네."

술 마시면 하기 싫은 것 중에 하나가 내일 아침에 대해 생각하는 거고 하고 싶은 것 중 하나가 노래다. 흥얼흥얼 나는 노래를 불렀다. '기분이 어때? 기분이 어때? 집 없이 사는 것이, 알아주는 사람 없이, 구르는 돌처럼 사는 것이? 기분이 어때?'

"좋아요, 밥 딜런."

"미안해. 아는 노래가 이것밖에 없어서."

"선생님은 원래 그렇게 툭하면 울어요?"

"너도 얼굴 또 빨개졌어."

"저 좀 그만 쳐다보세요, 선생님."

"있잖아, 또 뭐가 와서 너를 때리면 아, 내가 한 골 막았구나 하면서 기뻐할 수 있을 거야. 언젠가는 말이야."

"어떤 골키퍼가 최곤지 아세요?"

"그거, 퀴즈니?"

"움직이지 않고 골을 막는 골키퍼가 최고예요. 그만큼 위치

"물어보지 말고 그냥 말해주면 좋잖아요."

"불안을 느낄 때는 확실치는 않지만 어떤 위험이 곧 닥쳐올 거라는 생각에 압도당해서 긴장될 때야. 그리고 공포는 두려운 대상이 뚜렷하기 때문에 피할 수가 있는 거고. 그 대상이 사라지면 더 이상 공포는 지속되지 않는 거야. 그러니까 무엇을 피해야 할지조차 모르는 불안과는 구분이 되는 거지."

"선생님, 니체에 관해서만 잘 아시는 줄 알았는데 그게 아니네요?"

"……"

말을 그대로 옮기는 거라면 앵무새도 이만큼은 할 수 있을 것이다. J가 눈치 채지 않기를 바라면서 나는 씁쓸하게 웃었다. J는 내가 기다리는 말은 하지 않았다.

"영화에 나오는 그 옷장 말야, 사람들은 현실과 환상 세계를 잇는 그런 무인도 같은 걸 하나쯤은 다 갖고 있는 것 같아. 너도 그런 게 있니?"

"그런 걸 갖고 있는 게 좋은 걸까요?"

"그건 꼭 쫓길 때만 나타나는 건 아니야."

"그 노래 다시 한 번 불러줄 수 있어요?"

"무슨 노래?"

"선생님은 뭐 두려워하는 거 없어요?"

J가 나를 바라봤다. 어쩔 수가 없다.

"반도 넘게 건넜으니 이젠 괜찮아. 괜찮다고 나는 생각해버려."

"선생님 그거 알아요? 세상에 얼마나 많은 공포들이 존재하는데요. 새에 대한 공포도 있구요, 두꺼비에 대한 공포도 있구요, 어떤 사람은 숫자 8에 대한 공포를 갖고 있구요, 여성 생식기에 대한 공포를 갖고 있는 사람도 있구요, 종이에 대한 공포를 갖고 있는 사람들도 많아요. 정말로 많은 종류의 공포들이 있다구요. 그거에 비하면 난 정말 아무것도 아닌 거라구요."

치료를 오래 받았다고 했으니 J가 하는 말은 틀리지 않을 것이다. 지난가을에 외삼촌이 살고 있는 라오스까지, 여섯 시간 동안 비행기를 안전하게 타고 온 후로 다 극복했다고 생각했고, 그 후로 더는 치료를 받지 않아도 좋다는 진단을 받았다고 했다. 공황장애가 있는 사람에게는 비행기만큼 두려운 밀폐 공간도 없다. 그러나 나는 J에게서 뭔가 다른 이야기가 나오기를 기다리고 있는 것 같다. 그게 뭘까.

"너 불안한 거랑 공포를 느끼는 거랑 어떻게 다른 줄도 아니?"

토마스에게 편지를 썼다. 짧게 쓰고 싶었다. J에 관해 썼다. 그러자 편지가 길어졌다. 봉투에 토마스라는 이름을 힘주어 또박또박 적어넣었다.

6

"영화 줄거리 이야기해줄까? 끝까지 다 못 봤잖아."

올케가 나를 서너 살짜리 아이 다루듯 하는 게 싫으면서도 J를 만나면 내 어투는 꼭 그렇게 변한다.

"책으로 봤어요, 선생님."

"너도 책 같은 거 읽니?"

"만화로 읽는 나니아 연대기요."

"우리 조카도 만화를 좋아해."

머펀맨 이야기를 하려다가 말았다.

"아이들한테 말이야, 지적인 능력이 있다고 생각하니?"

"저 말씀하시는 거예요?"

나이가 무슨 죄가 되나요? 하는 얼굴로 그가 나를 봤다.

"아니, 있잖아, 아이들은 공포를 주는 어떤 대상들이 존재한다고 철저하게 믿는 거 같아서 말야."

큰 눈, 나는 그걸 보고 있었던 것 같다. 자리에서 일어났다. 그는 사람들이 붐비는 곳을 두려워할 뿐만 아니라 자신을 안전하게 지켜줄 사람 없이는 아마 밖으로 나가지 못할 테니까.

그는 극장 출입구 앞 빈 의자에 거의 눕듯 상체를 기대고 있었다. 손발을 벌벌 떨면서 가슴을 움켜쥐곤 후후, 후후훅 숨을 가쁘게 몰아쉬고 있었다. 이상하다. 나는 오래전부터 그 모습을 지켜보았던 것 같다. 십 분만 참아. 속으로 말했다. 한때는 시속 백십 킬로미터로 날아오는 공을 막아냈던, 지금은 공황장애로 자꾸만 제 가슴을 쥐어뜯고 있는 그의 커다란 손을 내 손으로 움켜잡았다. 고통을 참아내는 그에게 내가 해줄 수 있는 일은 많지 않았다. 손이 더 단단하게 맞물리도록 나는 손가락을 구부려서 그의 손바닥 안쪽을 맞잡았다. 산악인들이 서로를 구조할 때, 한 사람이 다른 한 사람을 끌어 올릴 때 잡는 것처럼. '……이젠 다 나은 줄 알았어요.' 통증이 지나가자 그는 말했다. 미안해요 선생님, 이라고도 했다. 나는 안도했다. 그가 죽어버릴 것만 같아요, 라고 말하지는 않아서. 나는 맞잡은 손을 놓지 않았다. 이 자연스럽고 필요한 욕망 때문에 어쩐지 약간은 울어야 할 것 같은 기분이다.

굴을 하고 있었다. 팔걸이를 신중하게 더듬다가 그는 내 손을 거머쥐었다. 어딘가 악어를 연상케 하는 그 울퉁불퉁한 손을 뿌리치려다 말고 가만히 있었다. 그건 손을 잡는 게 아니라 뭔가를 꾹 참기 위해 붙들고 있는 자세처럼 느껴졌기 때문이다. 네 명의 형제들 중 막내 여자아이가 옷장을 통해 '나니아'라는 세계를 발견하면서 시작되는 영화였다. 이제 곧 나니아를 차지하기 위한 마녀와 사자와의 전투신이 시작되려는 참이었다. 아까부터 줄곧 내 손을 잡고 있던 J의 숨소리가 점점 더 거칠어지는 것을 느꼈다. '괜찮니?' ……아니라는 대답도 못 했다. 그는 최대한 자세를 낮추고 그리고 애써 서둘지 않으려는 역력한 자세로 결국 자리를 뜨고 말았다. 그러나 나는, 그가 고통을 참는 사자처럼 큰 소리로 숨을 들이마시고 내쉬는 소리, 신음 소리를 참기 위해서 이를 갈아붙이는 소리를, 다 듣고 있었다. 그를 따라 나가지 않고 그대로 자리에 앉아 있었다. 전투가 시작되었다. 창과 화살이 쏟아지고 불기둥이 치솟았다. 마녀와 사자와 네 아이들이 서로 쫓고 쫓겼다. 무언가 지킬 게 있다면 저렇게 싸움이라도 해볼 수 있을까. 언젠가 수업 시간에 꾸벅꾸벅 졸고 있던 J가 갑자기 악을 쓰듯 커다란 비명 소리를 지르며 잠에서 깨어났던 일이 떠올랐다. 그때 J가 뭐라고 소리쳤었지? 겁에 질려 벌어진

던 것 같기도 하다. 십 년 동안 서울을 떠나서 살지 않았더라면, 한 해 마지막 날 사람들이 끼리끼리 주로 무엇을 하는지 알았더라면, 극장에 가자는 생각은 애초부터 하지 않았을 것이다. J 또한 수년 동안 운동을 하느라 12월 마지막 날 영화를 본 것은 그 날이 처음이었다고 했다. 좌석은 거의 매진이었고 그가 원했던 '통로 쪽 중간 자리'는 구할 수 없었다. 표를 사면서 통로 쪽 중간 자리라고 딱 부러지게 말하는 남자는 처음이었다.

화장실에 다녀오는 사이에 벌써 극장 안은 불이 꺼져 캄캄했다. 순간적으로 나는 그의 옷소매를 붙잡았다. 가운데 우리 자리만 빼고 양쪽으로 사람들이 빽빽하게 들어앉아 있었다. 그가 크게 숨을 한 번 몰아쉬는 소리가 들렸다. 간신히 자리에 앉고 나자 등이 땀에 젖은 걸 느꼈고 그의 이마 또한 땀으로 번들거리는 것을 보았다. 영화가 막 시작될 때 그가 내 귀에 대고 속삭였다. '저 사실 이렇게 사람 많은 데 오면 좀 힘들어해요, 선생님.' 농담인 줄 알았다. '글쎄, 사람들이 많긴 많네.' 나는 신통치 않게 대꾸했다. '손을 좀 잡아주시면 괜찮을 것 같기도 해요'라고 그가 풀이 죽어 말했을 땐 '그러니까 너 정말 선수 같구나,' 실없는 소리까지 했다. 딱딱하게 입을 다물고 있는 그의 턱을 바라보았다. 손을 잡아달라는 사람치고는 터무니없이 진지한 얼는 의기양양한 얼굴로 나를 빤히 쳐다봤다. 제 딴에는 한스가 내 친구라고 생각은 하는 모양이다. 오빠가 조카를 안고 방으로 들어가버리자 거실은 다시 고요해졌다. 나는 찢어진 치즈를 입에 넣고 우물거렸다. 올케 말처럼 공연히 친구라는 말을 한 것 같다. 내 가슴속에 아무도 꺾을 수 없는 나뭇가지 하나를 세게 흔들어댄 것처럼 많은 것들이 한꺼번에 스쳐 지나갔다. 나는 슬쩍 한스를 곁눈질하며 다시 한 번 피곤해, 라고 중얼거려보았다. 토마스는 이렇게 묻곤 했다. 그럼 좀 낫니? 뭘? 우울한 걸 피곤하다고 하면 말이야. 그런 토마스에게 편지를 쓰게 만든 사람이 J라는 것이 나는 이상하다.

그 전직 국가대표 핸드볼 골키퍼였던 청년, 길쭉길쭉한 손발을 가진 J는 책도 읽지 않고 결혼식장에 갈 때도 검은색 옷은 입을 것 같지 않다. 이제 겨우 스물일곱 살이다. 그런데도 나는 그에게 하고 싶은 말들이 자꾸 생각났다. 그래도 될까? 뭐야, 인마. 왜 너는 통 한마디도 안 하는 거야! 나는 조카처럼 한스에게 화풀이를 해댔다.

우리는 영화를 보러 갔다.

12월 마지막 날이었다. 성큼성큼 앞서서 걸어가는 J 뒤를 따라가면서 생각해보니 대개 두번째 데이트에서는 영화를 보러 갔

울리도록 소리쳤다. 각 방마다 문들이 열리고 부모와 올케와 그리고 오빠까지 이번엔 또 무슨 일이야? 하는 얼굴로 제각각 나타났다. 왜 이럴 때는 꼭 올케가 집에 있는 날인지 모르겠다. 나는 반으로 찢은 치즈를 양손에 든 채 식탁 의자에 고개를 푹 수그리고 앉아 있었다. '친구가 찌여졌어, 아빠, 친구가 찌여졌어.' 조카는 손가락으로 내가 손에 들고 있는 치즈를 가리키며 뽀르르 제 아빠 품으로 달려가 안겼다. '하여간 둘이 수준이 똑같다니깐.' 오빠가 혀를 찼다. '아휴, 아가씨는 왜 아무거나 친구라고 가르쳐요, 가르치길.' 올케가 또 내 등짝을 세게 쳤다. 나는 피곤한 것 같다. 올케는 내가 어쩌다 장을 봐오면 아휴 고등어는 눈이 말똥말똥한 걸 사와야 하는데, 아휴 고사리는 가늘고 꼬불꼬불 말린 걸 사와야 하는데, 라고 신문만 한번 읽으면 다 아는 소리들을 했다. 그 등 뒤에다 대고 엄마는 저도 제대로 살 줄 모르면서 말만 저렇게 한다니까, 은근슬쩍 내 편을 들곤 했다. 나는 종종 내가 아무런 쓸모가 없는 사람인 것처럼 느껴질 때가 있다. 그게 가족들하고 있을 때만 그런 건지 아니면 집에 있을 때 그런 건지 잘 분간이 안 가지만. 그래도 나는 공부라는 걸 십 년 동안이나 했는데 말이다.

　조카는 한스가 들어 있는 새장을 발로 한 번 힘껏 걷어차고

치는 일에는 소질이 없는 모양이다. 냉장고 문을 여는 것을 본 조카가 치즈를 가리키며 '저거는 모야?'라고 물었다. 나는 조카에게 치즈를 내밀곤 '이건 치즈라고 하는 거야'라고 가르쳤다. 조카는 또 내게 '치즈가 모야?' 했다. 치즈가 뭘까? 갑자기 탁자의 다리가 왜 네 개일까? 라는 질문을 받은 것처럼 난처해졌다. 왜냐하면 조카에게 우유로 응고와 발효의 과정을 거쳐 만든 게 치즈라고 설명해도 이해하지 못할 테니까. 나는 조카에게 다정하게 말했다. '이건 니 친구야.' 그러자 '으응, 내 친구'라며 조카가 만족한 웃음을 지었다. 친구, 라는 단어는 조카에게 사물을 이해하는 마법과도 같은 열쇠였다. 레고로 만들어진 코끼리나 기린도 친구고 신발이며 바나나도 친구고 하다못해 팬티도 친구였다. 엉덩이에 만화 캐릭터가 그려진 팬티에다 오줌을 싸면 엄마는 또 호빵맨한테 오줌 쌌잖아, 얼른 미안하다고 해, 했다. 그러면 조카는 오줌으로 흠뻑 젖은 팬티에다 조그만 입술을 바싹 대고 '미안해, 미안해'라고 말하고는 했다. 그러니까 나는 그저 별생각 없이 치즈를 친구라고 조카에게 말했던 거다. 조카가 당황한 것은 내가 그 치즈를 반으로 찢어서 입에 넣어주려고 할 때부터였다. 갑자기 아리까리하다는 표정을 짓더니 으앙, 울음을 터뜨리기 시작한 것도. '친구가 찌여졌어!' 조카가 온 집 안이가 던진 공에 맞아 기절하는 바람에 경기에 졌고 그것이 자신의 책임이라고 생각한 그는 선수 생활을 그만두고 말았다. 내가 아는 것은 거기까지였지만 결국 그것 때문에 그는 자신의 삶의 일부가 훼손되었다고 믿고 있는 눈치였다. 문제는 다른 데 있다는 것을 그는 아직 모르고 있었다.

나는 그가 괴테적 인물이라는 판단을 수정하지 않을 수 없었다. 다른 사람과 친밀해지려고 애쓰는 사람은 대체로 자신이 상대방의 신뢰를 얻고 있는지에 대해서 확신하지 못하기 때문인 경우가 많다. 신뢰를 확신하는 사람은 친밀함에 큰 가치를 두지 않는 법이다. 니체의 말처럼 아무도 기분 상하게 하지 않고 아무에게도 폐를 끼치려고 하지 않는 것은 타고난 기질일 뿐만 아니라 두려움이 많다는 표시일지도 몰랐다. 나는 그가 염세적인 쇼펜하우어적 인물이라고 잠정적으로 수정했다. 첫 데이트에서는 서로에게 아무런 문제도 없어 보였다. 문제는 너무 빨리, 그러니까 우리의 두번째 데이트에서 일어났다.

5

누구나 한 가지 일에서는 탁월한 법이라지만 나는 역시 가르

알아?

 그는 수업에는 늘 나오기는 했지만 자다 깨다 하는 건 여전했다. 크리스마스 이브를 앞둔 금요일 수업 시간에 그가 굵은 매직펜으로 왼손 손바닥에는 감은 눈을, 오른손 손바닥에는 뜬 눈을 그려놓고 귀 높이까지 들어올린 그 양 손바닥을 내 쪽을 향해 한쪽씩 폈다 오므렸다 폈다 오므렸다 했던 날, 우리는 데이트라는 것을 했다. 그동안 주로 내가 만나왔던 사람들은 항상 책을 읽고 검정색과 회색 옷을 즐겨 입는, 대개는 엄숙하거나 딱딱해 보이는 얼굴을 갖고 있는 사람들이었다. 나 역시 그랬을지도 모른다. 첫 데이트에서 알아낸 사실은 뜻밖에도 많았다. 그중에는 흥미로운 것도 있지만 그렇지 않은 사실들도 많았다. 흥미로운 사실은 그가 전직 국가대표 핸드볼 선수였다는 것이다. 포지션이 경기의 승패를 결정지을 정도로 중요한 골키퍼였다고 했다. 그 대목에서 그는 약간 으쓱거리듯 말했다. 이상하게 남자들이 으쓱거리는 모습은 대개 다 비슷한 것 같다. 하지만 아쉽게도 나는 공을 사용해서 하는 스포츠에 대해서는 아무것도 알지 못했고 핸드볼에 관해서는 말할 것도 없었다. 기껏 한 소리가 그래서 그런지 참으로 위풍당당한 손을 가졌네, 였을 뿐이다. 올림픽 출전권을 놓고 벌인 국가 대회에서 상대편 선수 나는 글쎄, 라고 말을 끌었다. 손바닥으로 턱을 가리면서 그가 말했다. 환불도 안 된다고 엄마가 등을 떠밀어서요, 놀면 뭐 하냐고.

니체는 우리에게 더 나은 가능성을 제시할 수 있는 인물로 세 가지 예를 들었다. 첫째는 인간이 자연과 화해하게 했고 문명이 자연으로 회귀해야 한다고 주장한 루소적 인간이며, 둘째는 사려가 깊고 현명한 절제를 통해서 삶의 여러 가지 조건들과 갈등 없이 지내는 괴테적 인간, 그리고 셋째는 인간의 모든 질서가 비극적이며 일상적인 삶은 분열 그 자체라는 쇼펜하우어적 인물, 이렇게 세 가지로 분류했다. 처음에 그를 보았을 때 나는 그가 니체가 말한 괴테적 인물일 거라고 판단했다. 다른 수강생들과 적게는 십 년 혹은 많게는 이십 년 이상 나이 차가 나는 것은 스물일곱 살 난 그 청년에게 아무런 문제가 되지 않아 보였다. 어머니뻘 되는 수강생들에게도 언제나 친절했으며 사려 깊게 행동했고 아무런 갈등도 겪지 않는 것 같았다. 그가 수업에 참여한 후 우리 클래스는 처음으로 회식이라는 것도 했다. 무의식적인 신중함으로 나는 그를 지켜보고 있는 모양이다.

오래전에 잊었던 박자로 쿵쿵 가슴이 뛰기 시작했다. 나는 한스에게 호두 한 알을 던져주며 물었다. 이 예외적인 느낌이 뭔지 강의하지 않게 되었다. 니체와 쇼펜하우어, 니체와 바그너에 대해서 말하는 대신 니체와 코지마, 니체와 루 살로메에 대한 일화들을 들려주었다. 수업 분위기는 훨씬 좋아졌지만 여전히 벌레가 든 빨간 사과를 우적우적 씹고 있는 듯한 기분이 드는 것은 어쩔 수가 없었다. 차라리 정원사나 될 걸 그랬나? 한스는 말이 없었다. 수업은 아직 오 주나 더 남아 있었다. 그사이에 첫눈이 크게 내려 시내 곳곳에서 교통사고가 나고 농가의 비닐하우스들이 우르르 무너지기도 했다. 그날 북악스카이웨이에서는 밤 아홉 시부터 네 시간 동안이나 팔각정에 있던 이십여 명이 고립되었고, 나는 그날 거기 있었던 사람들에 대해서 생각하곤 했다. 나에게는 아무런 일도 생기지 않았다.

수강생들은 모두 백화점 일대 아파트에 사는 주부들이었다. 그들 이십 명 중에서 그가 눈에 띈 건 당연했다. 게다가 그는 젊기까지 했으니까. 첫날부터 그는 강의실 맨 뒷자리에 앉아서 대개의 다른 수강생들처럼 꾸벅꾸벅 졸다가 졸음을 깰 요량인지 가끔씩 두 손을 주걱처럼 모아 얼굴을 북북 문지르고는 했다. 수업이 끝난 후에 그 청년이 내게 다가와선 갑자기 일이 생긴 자기 엄마 대신 오늘 수업을 들으러 왔는데 앞으로도 계속 와도 되느냐고 물었다. 안 된다고 해도 계속 나와주었으면 좋겠다.

거라는 판단이 들었다.

한때 니체는 전문적인 정원사가 되고 싶어 한 적이 있었다. 시간을 보낼 수도 있고 정신적 긴장을 유발하지 않으면서도 적당한 피로를 느낄 수 있게 하는 작업으로 말이다. 나에게도 그런 일은 필요했으나 이젠 하릴없이 시내를 쏘다니는 일에도 지친 상태였다. 삼 주 만에 니체가 정원사가 되기를 포기한 이유도 허리를 굽히는 일조차 힘에 겨워서였다. 이런 사실을 알았다면 엄마는 당장 책상물림들이 뭐 다 그렇지, 라고 비난했을 것이다. 생색을 내는 듯한 차선배 목소리도 듣기 난감한 건 마찬가지였다. 순간적인 수치심을 삼키고 나서 나는 수업을 하겠다고 말했다. 담당자와 상의해 강좌 제목은 '쉽게 읽는 니체'라고 변경하였다. 첫 수업을 하기 위해 강남의 S백화점 구층에 올라가자 강의실 밖에서까지 포크 댄스를 추고 있는 쌍쌍의 남녀들이 보였다. '셰이프 바디라인 요가' '오페라 감상과 영상세계' '부동산 투자전략' '탱탱피부 메이크업' 같은 정규 강좌 목록들 속에서 이번에 새로 개설되었다는 '쉽게 읽는 니체'는 돌보지 못한 정원의 잡초처럼 정말이지 초라해 보이기 짝이 없었다. 그나마 수강생이 있다는 게 다행이었다.

두번째 수업부터 나는 더 이상 니체의 사상과 이상에 대해서

해온 소크라테스였으나 진실을 말하는 데 주어진 시간은 너무나도 짧았던 것이다. 언어가 진실을 확인시키기도 하지만 때로는 오해와 불행으로 몰고 가기도 하는 법이다. 대화가 필요하기는 했지만 한스에게 말을 가르치고 싶은 마음은 생기지 않는다. 대신 한스에게 노래 한 곡을 불러주기로 했다. 앵무새를 키우는 것에 대해서 니체는 어떻게 생각할까? 어쨌거나 어느 날 갑자기 한스가 나에게 아가씨, 안녕! 이라고 말을 걸어올까 봐 슬금슬금 피해 다니기 시작했다.

차선배가 전화를 걸어온 것은 12월 첫째 주 수요일이다.

4

S백화점 문화센터의 첫 강의는 12월 첫째 주 금요일이었다. 교양강좌로 마련된 '철학, 쉽게 배우기' 수업을 맡기로 한 차선배의 아는 형이 교통사고를 당하는 바람에 수업을 대신할 사람을 구해야 했던 모양이다. 선배가 나에게 연락을 해준 걸 고마워해야 하는지 아니면 못 들은 척 거절해야 하는 건지 갈피가 안 잡혔다. 한 가지 분명한 것은 내키지도 않았고 기분이 좋지도 않았다는 거다. 그러나 정원사가 되는 것보다는 그 일이 더 나을

고 있었다. 더 자라면 초록색 날개 안쪽으로 붉은 털이 자랄 거라고 했다. 나는 한스라는 이름을 붙여주었다. 처음 새장을 들고 집에 들어간 날, 어린애가 있는 집에 새를 사갖고 오는 사람이 어디 있느냐며 엄마는 올케 앞에서 보란 듯이 내 팔뚝을 세게 꼬집었다. 조카가 야야야, 새다! 새다! 하고 온 집 안을 활개 치고 뛰어다니지 않았더라면 다시 한스를 팔아넘겨야 했을지도 몰랐다. 나는 조카를 무릎에 앉혀놓고 한스를 가리키며 친구라는 단어를 가르쳤다. 한스에게 말을 가르치기 시작한 사람도 내가 아니라 제 엄마 흉내를 내 이따금 나를 아가씨! 라고 부르는, 이제 막 발화기가 시작된 조카였다. 눈치가 빠른 조카는 그것이 잘못된 호칭이라는 것을 깨닫고는 아무 때나 아가씨 밥 먹어! 아가씨 일어나! 라고 나를 소리쳐 부르곤 했다. 새를 좋아하는 조카 때문에 한스를 기를 수 있게 된 건 다행한 일이었다. 그런데 막상 나는 한스에게 어떤 말부터 가르쳐야 할지 몰라 난감한 채로 시간을 죽이고 있다가 죽기 전의 소크라테스까지 생각이 미쳤다. 아테네 시민들로부터 사형 선고를 받은 소크라테스가 배심원들 앞에서 자신을 변호할 수 있는 시간은, 크지도 않은 두 개의 항아리 중 위 항아리에서 아래 항아리로 물이 다 흐르는, 겨우 그만큼의 시간밖에 없었다. 평생 동안 많은 말을 성 신장보다 약간 더 큰 나랑 엇비슷했다. 니체는 키가 아주 작았다. 언제까지 그렇게 늙은 염소마냥 고개나 절레절레 흔들고 돌아다닐 거냐고, 응? 슬그머니 자리를 뜨는 내 등 뒤에다 대고 엄마가 소리질렀다. 아무리 위대한 사람일지라도 가족들에게까지 인정받은 사람은 드물다. 몽테뉴가 사람들 앞에서 자꾸만 방귀가 나오는 것에 대한 곤란함을 맨 처음 이야기한 상대도 바로 가족들이었다. 결혼이 아니라 내가 하고 싶은 것은 따로 있었고 가족들은 그걸 몰랐다. 안다고 해도 아무도 알아주진 않겠지만 말이다. 아무튼 지금은 머핀을 굽자. 내가 달걀과 밀가루를 섞어 반죽을 하고 있으면 조카는 내 옆에서 짐짓 들뜬 목소리로 '두 유 노우 머핀맨, 머핀맨'이라고 시작되는, 머핀이 주인공으로 나온다는 만화 주제가를 흥얼거렸다. 다 구워진 머핀을 막상 오븐에서 꺼내놓으면 더 이상은 거들떠도 안 보면서 말이다. 머핀이 만화 주인공으로 나오다니. 세상에는 정말 내가 모르는 일들이 너무나도 많았다. 나는 머핀 속의 건포도와 호두를 찾아 한스에게 던져주곤 했다.

내가 산 앵무는 금강앵무 중 한스 마카우라는 종이다. 이유식을 뗀 생후 삼 개월짜리, 이제 딱 말을 가르치기 좋을 앵무였다. 초록색 몸통에 똘망똘망해 보이는 크고 검은 눈동자를 갖

마시지 않고 명예를 탐하지 않는 것, 그리고 욕심을 부리지 않으면서도 끊임없이 노력하고 비상하려고 하며 자신에게는 야박하게, 다른 삶들에게는 부드럽게. 그러나 지금 나에게는 다른 삶들이라고 할 만한 게 거의 없는 형편이었다. 친구도 없고 친구처럼 지내는 옛 애인도 없다. 스무 살이던 십칠 년 전에도 나는 혼자였고 십 년 전에도 혼자였다. 나는 지금 서른일곱 살이나 되었는데도 처음 태어날 때처럼 혼자다. 어느 때는 가족이 있어서 참 다행이란 생각이 들다가도 갑자기 엄마가 야야, 공부는 무슨 공부? 이젠 다 집어치우고 결혼이나 해버려라, 며 낯선 남자들 사진을 서너 장, 그것도 아버지 오빠 올케 다 모여 있는 자리에서 꺼내놓을 때는 정말이지 대문을 쾅 닫고 나가버리고 싶어진다. 그래도 아직 이런 자리라도 들어오는 게 어디예요? 올케는 진심으로 하는 말인 것 같다. 뭐 다른 건 볼 것도 없어, 키만 맞으면. 그게 무슨 말씀이세요 어머니? 뚱한 채로도 나는 올케와 엄마가 하는 말을 다 귀담아듣고 있다. 남자 턱이 여자 이마에 딱 닿으면 궁합이고 뭐고 더 볼 것도 없이 좋다더라, 너랑 애비처럼 말이다. 에이, 어머니도 참. 그러고 보니 내 이마가 턱에 닿는 남자는 한 번도 만나보지 못한 것 같다. 첫번째 남자는 키가 어땠는지 이젠 생각조차 나지 않고 세번째 남자는 평균 여한 번도 경험해보지 못한 일이었다. 달리 피할 데도 없으니 그저 조카들 울음소리를 듣고 있는 수밖에는 도리가 없었다. 그러다가 한 가지 또 새로운 사실을 발견하게 되었다. 이해심을 갖고 어린애들의 울음소리를 듣다 보면 아이 속에 들어 있는 무시무시한 심리적인 힘을 느낄 수 있었다. 울음소리는 처음에 내가 여기 있다는 걸 의미하는 것처럼 들린다. 그러나 갑자기 울음소리가 커지고 집요해지면서 그것은 곧 근원적인 분노 혹은 고통처럼 느껴진다. 걷잡을 수 없는 파괴의 욕구까지 말이다. 나한테는 시간이 너무 많다는 게 문제였다. 조카들과 함께 사는 것이 익숙해지자 곧 울음소리에도 익숙해지게 되었다. 문제가 하나 있다면 내가 그 울음소리를 결코 좋아하는 것은 아니라는 거였다. 울음소리에는 문법이란 게 없기 때문이다. 아이들은 시도 때도 없이 마구잡이로 울어댔다. 나도 이젠 눈치라는 게 생겨서 올케가 집에 있는 날에는 네 살짜리 조카아이에게 호두와 건포도를 넣고 머핀 같은 것을 만들어주기도 했다. 내 부모 집에 살고 있으면서도 오빠네 얹혀살고 있는 것 같은 느낌은 정말이지 알다가도 모를 일이다.

나는 여전히 니체의 생활신조를 나의 생활신조로 여기고 있었다. 가볍게 잠을 자고 편안하고 여유로운 자세로 걸으며 술을 나는 어느 쪽일까?

시내 전체가 하나의 커다란 크리스마스트리가 된 것처럼 화려해졌다. 어딜 가나 사람들로 붐볐고 찻집에서 자리를 차지하고 앉아 책을 읽는다는 것도 더 이상 불가능해졌다. 여전히 갈 데가 없었다. 세종문화회관과 청계천이 시작되는 입구에 거대한 빛의 터널이 보였다. '루미나리에.' 빛의 축제라는 뜻이라고 했다. 수많은 인파 속에서 떠밀리듯 걸음을 멈추었다. 주위에서 카메라 셔터를 눌러대는 소리들이 작은 폭죽처럼 연달아 터져나오고 있었다. 헛일 삼아 나는 풀쩍, 빛의 파편들 속으로 발돋움을 한번 해보았다.

가방이 아니라 우정과 신뢰 속에서의 대화와 휴식, 지금 나에게는 그것이 필요했다. 가방을 팔아치우고 마련한 돈으로 나는 앵무새 한 마리를 샀다.

3

어린아이의 울음소리를 오래 참아내기는 정말 어렵다. 그러나 그렇게 가까운 거리에서 아이 울음소리를 듣는 건 지금까지 털어서 거리에서 가장 흔하게 눈에 띄었던 프랑스제 명품 가방을 하나 샀다. 아무리 새것을 몸에 걸쳐도 내 발밑에서는 물에 젖은 신발을 신었을 때처럼 언제나 찌걱찌걱 소리가 났다.

하루의 삼분의 이를 자신을 위해 갖고 있지 않은 사람은 시간의 노예나 다름없다고 니체는 말했지만 환갑이 훌쩍 넘은 부모와 네 살짜리와 백일 된 조카가 둘 있는 집 안에서 자유인으로 살기란 정말 불가능한 일이다. 아침 겸 점심을 먹고 오후 세 시쯤이면 집을 빠져나왔다. 버스를 타고 시내 구경을 하거나 또 각또각 걸어다녔다. 안양에 가서 나보다 삼 년 먼저 돌아와 있는 차선배를 만나고 오기도 했다. 차선배는 결국 대학에 자리 잡는 것을 포기하고 지물포를 차렸다고 했다. 그거 뭐, 다 소용없더라고. 말은 그랬지만 그래도 섭섭한 게 남았던 모양인지 상호를 '차박사지물포'라고 지었다. 강사 자리도 쉽지 않을 거야. 배웅해주며 차선배가 말했다. 차선배를 제외하고는 만날 사람도 없었다. 걷고 또 걷는 일. 그것은 카이사르가 병과 두통을 이겨내기 위해서 사용한 방법이기도 했다. 실제로 나는 두통에 시달리기도 했으니 걷는 것보다 더 좋은 치료는 없을지도 몰랐다. 달리 할 일도 없었다. 무엇보다 가장 큰 변화는 이제는 내가 완전한 백수가 되었다는 사실이었다. 한가한 자들과 쓸모없는 자들.

들였다. 아이들을 맡겨놓고 들락날락하던 오빠와 올케는 급기야 한 달 만에 짐을 싸 들고 아예 우리 집에 들어와 살고 있었던 것이다. 내가 돌아오기 두 달 전부터 시작된 일이라고 했다. 책장과 책상을 들어낸 내 방에는 베이비 침대와 서랍장이 놓였고 벽에는 곰돌이 푸가 그려진 벽지가 알록달록 발려 있었다.

십 년 전 내가 독일로 떠나겠다는 결심을 털어놓았을 때 엄마는 일찌감치 나에게 이런 말을 했다. 철학은 무슨 놈의 철학. 쯧쯧, 자기 발밑에 놓인 문제도 보지 못하는 게 철학자들이란 말이지. 예전에는 다용도실이었던 방의 문 손잡이를 나는 꼭 붙잡고 서 있었다.

"얼른 손 씻고 밥 먹어요."

내 등짝을 찰싹 때리고 지나가며 올케가 말했다.

변한 것은 가족 구성원뿐만이 아니었다. 이십칠 년 동안 살았던 서울을 나는 처음 도착한 여행자처럼 시내버스 노선표를 펼쳐놓고 구석구석 헤매고 다녔다. 버스카드나 휴대전화 등 새로 장만해야 할 것도 너무나 많았지만 지금은 더 이상 살 수 없는 것들 또한 많았다. 쇼윈도를 지날 때나 카페 화장실 거울 앞에서 나는 뚫어지게 나 자신을 비춰 보곤 했다. 어때, 괜찮아? 누군가 그렇게 한번 물어봐주길 바랐는지도 모른다. 가진 돈을 다이는 등에 웬 낙타 한 마리를 짊어진 것처럼 무겁게 느껴졌다. 돌아가서 부모와 함께 늙어가는 것도 나쁘지 않을지 모른다. 형제라곤 하나 있는 오빠가 결혼하여 분가하였으니 내가 사용할 수 있는 공간은 더 많아졌을 것이다. 몽테뉴처럼 커다랗고 천장이 높은 원형의 서재를 가질 수 있을지도 몰랐다. 어제까지 없던 기대로 나는 설레기도 했다. 그 꿈이 깨진 것은 귀국 수속을 다 마치고 인천공항을 막 빠져나오자마자였다.

같이 잘 해보자.

마중 나온 오빠가 어깨를 툭 치며 말했다.

십 년 동안 일어났을 많은 변화들에 대해서 한 번도 진지하게 생각해본 적이 없던 나는 그새 정수리께가 벗어지고 있는 오빠를 멀뚱멀뚱 쳐다보았다. 조카는 한 명이 아니라 둘이었다. 이제 막 네 살이 된 이십팔 개월짜리 꼬맹이와 또 막 백일이 지난 갓난쟁이. 투병 중인 올케 어머니가 더 이상 딸의 아이들을 맡아 키워줄 수 없는 건 당연한 일이었다. 하루아침에 직장을 그만둔 오빠가 동료들과 벤처를 차릴 때 절반도 넘는 자금을 대준 사람이 안사돈이었다. 올케는 시도 때도 없이 출장을 가야 하는 외국인 제약회사에 다니고 있었다. 아기들을 키워줄 사람은 나의 아버지와 어머니밖에 없었고 그것을 당연한 일로 받아게 살 필요가 있다고 생각했다. 그리고 사실 나 자신을 보호하기 위해 너무 많은 에너지를 쓰는 데도 지쳐 있었다. 하이델베르크로 온 지 꼭 십 년 만의 일이었다. 집으로 돌아가기 전에 작은 유리병에다 마당의 흙을 담고 밀봉했다.

2

"이거는 모야?"

꼬마의 손가락은 정확히 나를 가리키고 있었다.

"이게 아니라 이 사람은 누구야? 라고 말해야 하는 거야, 쿱."

부주의하게도 올케는 웃음을 참지 못했다. 그러기는 가족들도 마찬가지긴 했지만. 십 년 동안 딱 두 번 서울에 다녀간 적이 있었다. 한 번은 엄마 환갑 때였고 또 한 번은 오빠가 결혼할 때였다. 마지막으로 다녀간 게 벌써 오 년 전이다.

"안녕, 이건 너의 고모란다."

기가 꺾인 채 나는 힘없이 대꾸했다.

집으로 돌아가는 비행기 안에서 나는 내가 가진 것들을 떠올려보았다. 아무것도 없다면 뭐든지 새로 시작할 수 있을 것이다. 기내식을 먹다 말고 쓱쓱 눈가를 문질렀다. 서른일곱이라는 나각하고 있다. 내가 가진 인생의 수많은 질문에 대한 해답을 그에게서 찾고 있었다. 한 가지 애석한 일은 그는 이미 백 년 전에 죽은 사람이라는 것이다. 1888년 가을에 그는 2000년이 오면 사람들은 자신의 책을 읽고 많은 것을 깨달을 것이라고 말한 적이 있다. 바위산을 오르는 고독한 사상가. 사람들은 그를 이렇게 불렀다. 두꺼운 더플코트로 온몸을 친친 감은 채 황량하고 고독한 땅에서 나는 책을 읽었다. 그가 그랬던 것처럼 오전 다섯 시면 하루를 시작했고 밤이면 햄과 달걀과 검은깨가 뿌려진 빵으로 소박한 저녁을 먹었다. 그때 나는 학문의 청춘을 살고 있었으며 아름다운 소년을 좇듯이 진리를 좇고 있다고 생각했다. 춥고 고독했으나 궁핍과 환상만으로도 인생은 흘러가기 마련이었다. 물이 쏟아지듯 십 년이 순식간에 지나갔다. 그러나 이상한 것은 나는 내 삶에 대해 큰 용기가 생기지도 않았고 대담해지지도 않았다는 것이다. 한 남자의 라이방에 비친 작고 궁핍해 보이는 여자 모습이 자꾸만 떠올랐다. 나에게 변화가 필요하다면 그건 어떤 것이어야 할까.

집으로 돌아가겠다고 말하자 토마스는 나에게 충고했다. 그 충고는 매우 짧았으나 처음에는 느슨했다가 시간이 지날수록 단단히 조여오는 매듭처럼 내 발목을 잡았다. 나는 더욱 신중하

1

 어느 날 나는 한 남자가 쓰고 있는 라이방에 비친 내 모습을 보았다. 볼록 거울에 비친 것처럼 머리만 커다란, 작고 초라해 보이는 한 여자가 거기 있었다. 그 여자가 바로 나 자신이라는 사실을 알아차리는 데 얼마쯤 시간이 걸린 것 같기도 하다. 그 순간 나는 그 남자와 내가 곧 헤어지게 될 거라는 확신이 들었다. 내가 자신을 골똘히 쳐다보고 있다고 느낀 남자는 으쓱거리듯 선글라스를 고쳐 썼다. 렌즈 속 여자의 몸이 위로 쑥 딸려갔다 내려왔다. 나는 짐짓 비틀거리는 시늉을 했다. 한 가지 중요한 사실을 잊고 있었다. 그 만남엔 적어도 내 의지가 빠져 있다는 것이다. 그걸 진심이라는 말로 대신해도 좋을지 모르겠다. 나에게 변화가 필요하다는 판단을 내린 사람은 토마스였다.

 서둘러 나는 다시 책상 앞으로 돌아왔다.

 위대한 예술 작품은 나를 알지 못하면서도 나에게 말을 걸어온다. 나는 내가 알고 있는 가장 위대한 예술가가 니체라고 생

풍선을 샀어
조경란